KB217049

악마대학교

김동식 소설

악마대학교

PIN
장르
007

차 례

악마는 두꺼운 전공 서적 여럿을 품에 안고 다급히 이동했다. 어찌나 급한지 중간중간 짧은 순간이동까지 섞어가며 겨우 도착한 그곳, '악마 대학교'의 한 강의실이다. 뒷문을 열고 들어서자, 학구열에 불타는(의미 그대로 진짜 불타기도 하는) 악마들이 한가득 앉아 있다. 늦게 온 이 악마 또한 그곳에 섞여 들어가 무거운 서적을 내려놓았다. 교수 악마는 그를 힐끔 보며 눈살을 찌푸렸다가 하던 강의를 계속했다.

"자, 그러면 다음 발표자. 어떤 수법을 준비해 왔지?"

악마 하나가 잔뜩 긴장한 채 일어나 강당 앞으로 순간이동을 하다가 '악' 소리를 내며 넘어졌다. 우스꽝스러울 수 있는 광경이지만 다들 웃지 못했다. 오늘은 그만큼 중요한 날이었다. 6월에 있을 '창의융합 경진대회' 사전 점검. 이 악마대학교의 존재 이유라고 봐도 무방할, '어떻게 인간을 불행하게 만들 것인가?'를 발표하는 날이 불과 며칠 뒤였다. 악마대학교에서 최고로 중요한 그날에는 외부 고위층 인사들이 대거 참관했고, 즉석에서 학생들을 스카우트해 가기도 했다. 그래서 학생들은 졸업식보다 6월의 발표 날을 더 중요하게 여겼다.

거꾸로 넘어졌던 악마는 재빨리 허공으로 날아올라 자세를 똑바로 하며 눈치를 살폈다. 교수 악마가 무표정하게 턱짓으로 지시하자, 바로 발표를 시작했다.

"네! 저는 인간들이 스스로 파멸할 수 있는 함정을 설계해보았습니다. 불륜이란 시스템을 아시지요?"

악마는 장황하게 자신의 수법을 발표했다. 모

든 발표가 끝났을 때, 교수는 고개를 한 번 흔들곤 손을 휘휘 내저었다. 악마는 유황 가득한 한숨을 내쉬며 자리로 돌아갔다.

"요즘 애들은 너무 무난하군. 좋아. 다음. 다음 발표자는 나오도록."

교수가 학생들을 돌아보자, 조금 전 지각한 악마가 벌떡 일어났다. 교수의 미간이 다시 찌푸려졌다.

"자네였나? 조금만 늦었어도 발표를 못 할 뻔했군?"

"아, 죄송합니다! 제가 전공 서적을 어디에다 뒀는지 못 찾아서······."

"사전 발표 날에 그건 뭣 하러 가져왔나? 쯧. 됐고, 준비한 내용이나 발표하게."

"아······. 넵!"

찔끔한 지각 악마는 얼른 앞으로 날아갔다. 빠릿빠릿하게 순간이동하지 않고 날아서 이동하는 그 모습에 또 교수의 표정이 못마땅해졌다. 지각 악마는 머리를 긁적거렸다. 마력을 아껴야 할 시기라 어쩔 수 없었다.

지각 악마가 강단에 서자 교수가 대충 손짓했다. 지각 악마는 살짝 주눅이 든 채로 이야기를 시작했다.

"어, 음, 저 그럼. 제 아이디어는 인간들이 가장 욕망하는 '영생'이 주제입니다. 간단히 설명하겠습니다. 인간의 어리석음을 이용하는 방식입니다. 일단 소문을 하나 퍼트려서 인간들을 유인할 겁니다. 시간을 되돌려주는 기계가 있다고 말입니다. 그렇게 해서 인간이 찾아오면 '시간 역재생기'를 가리키며 말하는 겁니다. 당신의 시간을 과거로 되돌려줄 수 있다고요. 그러면 분명 어느 바보 같은 인간은 그 제안을 받아들일 겁니다. 어, 음, 이상이 제 아이디어입니다."

"시간 역재생기? 그게 끝인가?"

"네? 아, 네."

지각 악마가 불안하게 돌아보자, 교수 악마는 혀를 찼다.

"도대체 그게 뭔가? 그건 그냥 장난에 불과하잖은가? 자네는 혹시 요정인가 악마인가?"

"예?"

"자네의 아이디어에는 세 가지 문제점이 있다네."

교수는 다른 학생 악마들을 빙 둘러보았다. 너희도 똑똑히 듣고 배우라는 듯, 길쭉한 손가락을 하나씩 세워가며 말했다.

"첫 번째. 마력 비용이 너무 비싸. 인간을 과거로 되돌려보낸다고? 아니, 시간 역재생기가 얼마나 많은 마력을 요구하는지 아는가? 거기에 쓸 비용이면 얼마든지 더 좋은 수법을 여럿 펼칠 수 있다. 그런 장난 같은 수법에 쓰기에는 어마어마한 낭비란 말이지. 그리고 애초에 영생이 왜 인간이 가장 욕망하는 테마인가? 효율도 별로고, 난도도 높아서 자네 같은 조무래기가 감당하기 힘든 테마다."

"아……."

"두 번째. 그 제안이 인간에게 전혀 매력적이지가 않아. 시간 역재생기에는 치명적인 단점이 있지. 그냥 시간 자체를 되감는 거라서 인간의 뇌까지 과거로 되감아진다는 거. 그럼 미래의 정보를 아무것도 기억하지 못할 텐데 과거로 돌아가봤자 무슨 의미가 있나? 어떤 인간이 그걸 받아들이겠느냔 말이다. 설마, 기억을 가져갈 수 없다는 걸 고지하지 않을 셈은 아니겠지? '악마계약학'의 기초 중 기초인 그것도 모른다면 무척 실망인데."

"그건,"

"그리고 마지막으로. 만에 하나 어떤 바보 같은 인간이 제안을 받아들여서 과거로 갔다 치면, 그래서? 그래서 우리 악마들이 얻는 게 뭐지? 마력만 낭비하고, 인간에게서 얻는 게 뭐가 있느냔 말이야. 그러니 이건 요정의 장난이랑 다를 바가 없다는 거다."

지각 악마는 기가 죽어 고개를 떨구었다. 혀를 찬 교수가 간단한 손짓으로 그를 자리로 돌려보냈다.

"쯧. 다른 발표거리를 찾아보도록. 자, 그러면 다음 발표자."

자리에 털썩 내려앉은 지각 악마는 실망한 모습으로 전공 서적에 턱을 깊숙이 파묻었다. 몇몇 학생들의 발표가 끝난 뒤, 교수가 시계를 들여다

보았다.

"오늘 수업은 여기까지 하겠다. 다들 발표 날까지 잘 정리하도록."

수업이 마무리되자마자 학생 악마들은 점멸이나 비행, 벽 통과 등으로 재빨리 강의실을 빠져나갔다. 정식 발표 때까지 준비할 것이 많았으니 말이다. 지각 악마 또한 빠르게 날갯짓하며 '인간 욕망 연구회' 동아리방으로 향했다. 거기에는 친구 '비델'과 '아블로'가 두꺼운 양피지 뭉치 속에서 씨름 중이었다. 지각 악마는 힘없이 소파에 털썩 주저앉았고, 비델이 그를 돌아보았다.

"표정이 안 좋아 보이는군, 벨."

지각 악마 '벨'은 고개를 저었다.

"망했어. 준비한 발표 버리고 새로 해야 해."

"며칠이나 남았다고?"

"그러니까. 완벽하다고 생각했는데, 어휴."

양피지에 고개를 파묻고 있던 아블로가 기지개를 켜며 소파로 순간이동을 했다. 곧이어 비델도 순간이동을 하며 세 악마가 소파에 모여 앉았다. 아블로가 실망이 역력한 얼굴의 벨을 위아

래로 쳐다보다가 물었다.

"발표 주제를 바꿔야 한다고? 여벌로 준비해둔 것은 없는가?"

"있긴 한데. 확신이 없어."

"인간계로 내려가서 테스트해보면 되지."

"뭐? 그럴 마력이 어딨어?"

"그 정도 마력도 없나?"

한심하다는 듯한 아블로의 말에 벨의 얼굴이 구겨졌다. 비넬이 그 사이로 끼어들었다.

"우리가 빌려줄 수 있다. 그렇지, 아블로? 우린 이미 테스트를 끝냈으니까."

"원한다면."

아블로가 고개를 끄덕이자 벨의 얼굴이 환해졌다.

"정말? 마력을 빌려줄 수 있다고?"

"6월의 발표는 중요하니까."

"대신, 그 여벌의 내용을 먼저 들어보고 싶군. 쓸데없는 낭비가 되지 않도록 말이다."

아블로의 말에 벨은 자신이 만든 '악마의 수법'을 설명하기 시작했다. 모든 설명이 끝났을 때, 아블로가 긴 손가락으로 턱을 매만졌다.

"흠, 그리 좋은 수법은 아닌 듯한데. 무엇보다 어떻게 접근해도 영생은 마력 비용이 너무 비싸다. 너는 왜 그렇게 영생 테마에 집착하는 건가?"

"왜 집착하냐고? 그야 영생이야말로 인간이 최고로 욕망하는 거니까?"

벨은 확신에 차서 말했지만, 아블로는 고개를 저었다.

"글쎄? 영생이 인기 있는 분야이긴 하지만, 최고라고 볼 순 없다. 가성비도 나쁘고."

"영생이 아니면 뭐가 최고라는 거야?"

"예를 들면 사랑에 대한 욕망이 있지. 인간들이 최고의 가치라고 부르는 '사랑' 말이다. 내가 이번에 발표 주제로 준비한 게 그것이다."

"사랑이 최고라고?"

동의할 수 없는 듯 미간을 찌푸리는 벨의 모습에 아블로가 양손을 가슴 앞으로 모았다.

"이번에 내가 인간계로 내려가 시뮬레이션한 것을 보여주지."

아블로의 가슴 앞으로 일렁거림이 일어나며

영상이 펼쳐졌다.

*

대학생 성국은 평범한 외모를 가진 청년이었지만, 아직 연애 경험은 없었다. 그는 같은 과 혜진을 짝사랑하고 있었다. 짝사랑인 이유는 혜진이 그를 단지 친구로만 여기기 때문이다. 이성 관계에 자신이 없던 성국은 자신의 점수를 30점으로 생각했고, 혜진을 80점으로 생각했다. 그렇기에 어떠한 표현도 못 한 채 짝사랑 기간만 길어지던 참이었다.

그런 성국의 앞에 악마 아블로가 나타났다. 성국은 자신이 고대 주술로 악마를 소환했다고 믿었지만, 사실은 아블로가 성국을 고른 것이었다. 그에게 악마와의 계약 주술을 알려준 정체불명의 노인이 아블로였으니 말이다.

악마를 처음 본 성국은 겁에 질려 다리 힘이 풀렸지만, 아블로의 낮고 진중한 목소리가 이어지자 조금씩 정신을 차렸다.

"다시 한번 묻겠다. 그대가 나를 소환한 이유는 사랑을 이루기 위함인가? 이제는 좀 대답해 주었으면 하는군."

"예, 마, 맞습니다."

고개를 끄덕인 성국은 크게 심호흡하며 아블로를 바라보았다. 여전히 떨리긴 해도 자신이 불러낸 존재가 아니던가? 목적한 바를 이루어야 했다.

"제가 사랑하는 사람의 마음을 얻게 해주실 수 있습니까?"

"가능하다. 악마로서의 내 권능은 '사랑을 공략하는 힘'이니까. 인간은 사랑이 인연과 운명이라고 믿지만, 사랑은 그렇게 순수한 게 아니라 그저 공략할 게임에 불과하다. 난 지금 당장 그녀가 너를 사랑하게 만들어줄 수도 있다."

"정말입니까?"

"하지만 알고 있겠지? 악마와의 거래는 대가가 따른다는 것을."

"아……."

성국의 얼굴에 두려움이 스쳤지만, 그는 용기

를 냈다.

"어, 어떤 대가입니까?"

"네 사랑을 이루기 위해서 너의 남은 수명을 에너지로 쓸 것이다."

남은 수명이란 말을 듣자마자 머리에 스치는 이야기가 있었다. 악마가 나오는 소설들에서 봤던 인간을 기만하는 계약들.

"호, 혹시 사랑을 이루자마자 다음 날에 제가 바로 죽는다거나 하는 것 아닙니까? 남은 수명이 다했다면서요."

"나는 악마지 양아치가 아니다. 네 수명 중 얼마를 삭감하는지는 정확하게 고지할 것이고, 현재 너의 남은 수명은 아마도 한국인 평균일 것이다."

"아……, 그, 그러면 혜진이가 절 사랑하게 하는 데 드는 수명이 얼마죠?"

아블로는 팔짱을 낀 채 고개를 가로로 절레절레 저었다.

"추천하지 않는다."

"예?"

"너는 가볍게 말하지만, 한 사람을 강제로 사랑하게 하는 일은 엄청난 일이다. 인간 하나의 영혼이 걸린 무게감이라고 해도 과언이 아니지. 그래서 드는 에너지 또한 어마어마하다. 내 물론 그녀가 지금 당장 너를 사랑하게 만들어줄 순 있긴 하나, 그러면 네 남은 수명의 60년은 삭감될 거다."

"네? 60년이요?"

깜짝 놀란 성국의 눈이 커졌다. 아무리 사랑을 원한다 해도 60년?

"아니 그건 좀⋯⋯."

"그래서 내가 추천하고 싶은 방법은 따로 있다. 적은 수명이 드는 능력들을 이용한 DIY다. 마치 게임하듯 능력들을 조합해 네가 직접 그녀의 마음을 얻는 거지. 가령, 이런 힘이 있다. 네가 그녀에게 카톡하려고 핸드폰을 들여다볼 때 '파란불'과 '빨간불'이 보인다면 어떨까? 파란불이 보이면 지금 카톡했을 때 답변이 돌아오는 타이밍이란 거고, 빨간불은 지금 카톡하면 씹히는 타이밍이란 거다."

"그런 게 가능합니까?"

"가능하지. 대신 대가로 네 남은 수명이 보름 깎인다. 60년에 비하면 보름은 거저지?"

아블로의 말대로 성국은 보름 정도라면 얼마든지 지급할 의향이 있었다. 아블로는 미소를 지었다.

"왜 수명이 얼마 안 드는 줄 아는가? 능력과 상관없이 네가 하기에 달렸기 때문이다. 조립식 가구가 그렇듯 DIY 방식은 언제나 싼 법이지. 사실 카톡 타이밍을 아는 것만으로는 아무것도 아니지 않은가? 그걸 어떻게 이용하느냐에 달려 있을 뿐. 어떤가? 합리적이지 않나?"

성국은 자기도 모르게 동의의 끄덕거림을 해 버렸다. 아블로는 웃으며 손을 내밀었다.

"좋다. 그러면 방금 설명한 능력의 대가로 네 수명을 보름 삭감하는 계약에 동의하겠는가?"

"도, 동의하겠습니다."

아블로는 손가락을 '딱!' 튕겼고, 성국의 눈앞에 별빛이 번쩍였다.

"이제 너는 김혜진에게 카톡을 보낼 때마다

능력이 발휘된다. 그리고 악마와 거래했기 때문에 내 권능인 '사랑을 공략하는 힘'도 자동으로 이어받는다. 지금부터 너는 사람들의 머리 위 숫자를 볼 수 있게 된다. 그 숫자는 네가 만약 고백했을 때 성공 확률이 얼마인지를 실시간으로 알려줄 것이다."

"예? 성공 확률이요? 고백 성공률이 머리 위에 표시된다고요? 정말입니까?"

"그렇다."

성국의 두 눈에 아까보다 더 큰 흥분이 깃들었다. 성국처럼 소심한 사람에게 고백 성공률을 알 수 있다는 건 꿈과 같은 일이었다. 아블로는 권능을 부여하기 위해 성국에게로 접근하였고, 손을 뻗어 성국의 관자놀이를 쓰다듬었다. 성국은 다리가 후들거릴 정도로 겁에 질렸지만, 잘 참아냈다. 아블로는 웃었다.

"이제 관자놀이에 손을 댈 때마다 상대의 머리 위로 고백 성공률이 보이게 될 거다."

"가, 감사합니다!"

"그러면 다음에 또 보도록 하지."

아블로는 귀까지 찢어지는 미소를 보이며 사라졌고, 성국은 한동안 방 안을 두리번거렸다. 이윽고 안전하다는 생각이 들자 서서히 흥분이 차올랐다. 꿈은 아니겠지? 모두 사실이겠지?

얼른 핸드폰을 꺼내서 혜진과의 카톡 대화창을 확인했고, 곧장 감탄사를 터트렸다. 정말 핸드폰 위로 붉은색 빛이 보이는 게 아닌가? 지금 연락해봤자 답변받지 못한다는 걸 알려주는 불빛이었다. 성국은 히죽거렸다. 진짜였구나!

얼마 뒤, 집을 나와 편의점으로 향하던 성국은 손을 관자놀이에 대보았다. 곧바로 두 눈이 휘둥그레졌는데, 지나가는 사람들의 머리 위로 퍼센티지가 보였기 때문이다.

"와 이런……."

다소 충격적인 것은 0퍼센트가 가장 많았다는 점이다. 간혹 1-3퍼센트대가 보이긴 했지만, 대부분은 0퍼센트였다. 내가 고백했을 때 100퍼센트 확률로 다 차인다고?

괜히 좀 인상이 굳어버린 성국은 편의점에 들어갔다가 눈을 부릅떴다. 알바생의 머리 위에 무려 17퍼센트가 떠 있었으니 말이다. 단골이라 얼굴이 꽤 익숙한 사이라서 그런 듯했다. 17퍼센트가 낮은 수치이긴 해도 0퍼센트와는 천지 차이였으니, 가라앉았던 성국의 기분을 환기하기에는 충분했다. 그래도 내가 아예 무매력은 아니었구나!

성국은 계산하면서 '감사합니다' 인사를 평소보다 더 힘차게 하고 돌아섰다. 집으로 돌아오는 길에도 사람들의 머리 위를 구경하면서 왔다. 새삼 악마가 꺼냈던 그 말이 와닿았다. 사랑을 게임 공략하듯 할 수 있다는 말.

"혜진이는 몇 퍼센트일까⋯⋯."

성국은 어서 내일이 찾아와 혜진의 머리 위를 확인하고 싶었다. 잠자리에 누워서도 두근거림과 설렘으로 쉽사리 잠들지 못했다. 새벽에야 겨우 잠들어서 세 시간도 채 못 잤지만, 아침 알람 소리에 눈이 번쩍 떠졌다. 몸도 벌떡 일어나졌다. 빨리 학교로 가서 혜진을 보고 싶은 마음뿐이었다. 욕실로 가 씻고 나온 성국은 핸드폰을 보았다.

"파란불!"

성국의 손가락이 빠르게 움직였다.

[혜진아 안녕. 좋은 아침. 오늘 오전 수업 있지?]

파란불이 장담한 만큼, 카톡 창의 숫자 1은 바로 사라졌다.

[어 성국아. 너도 오전 수업이지?]

[엉. 아침은 먹고 와?]

[아니? 너는?]

혜진과 시시콜콜한 대화를 나누는 성국의 입꼬리가 올라갔다. 대화를 끝낼 타이밍도 정확히 빨간 불빛이 알려주었으니 말이다. 예전의 나였다면 상대방이 대화에 흥미를 잃은 줄도 모르고 질척거렸겠지?

[조심히 와~ 이따 보자~]

[오키!]

정말이지 악마의 능력은 대단히도 만족스러 웠다.

캠퍼스에 도착한 성국은 또 관자놀이에 손을 올려놓고 걸었다. 남자 학우는 대다수가 0퍼센트에 근접했는데, 여자 학우는 5퍼센트가 흔히 보이곤 했다. 성국과 아는 사이면 10퍼센트대도 있었고, 무려 22퍼센트도 발견했다. 이건 말을 걸 수밖에 없었다.

"와, 네가?"

"뭐가 네가야? 내 얼굴에 뭐 묻었어?"

"어? 어어, 아니야."

그 친구 머리 위 22퍼센트가 놀랍긴 했지만, 어차피 그녀는 그의 타입이 전혀 아니었다. 성국은 걸음을 재촉해 강의실로 향했다. 어서 혜진을 보고 싶은 마음밖엔 없었다. 이윽고 드디어 강의실에 도착한 그는 혜진을 발견하고는 심호흡했다. 과연 몇 퍼센트가 나올까? 조심스럽게 손을 관자놀이로 올렸다.

"아!"

성국은 깊게 탄식했다. 9퍼센트라니? 한 자릿

수는 충격적인 결과였다. 그녀는 정말 그를 친구로만 보고 있었던 거다.

침울해진 성국은 혜진에게 인사도 제대로 못했다. 아침까지만 해도 신나게 대화할 자신이 있었지만, 지금은 그런 마음이 싹 달아나버렸다. 그냥 대충 인사만 하고 먼 자리로 가 앉았다. 강의가 끝나고 성국은 힘 빠진 걸음으로 화장실에 들어갔다. 그때, 아블로가 나타났다. 아블로는 성국의 사정을 다 안다는 듯 웃었다.

"고백 성공률은 생각보다 쉽게 바뀌는 수치다. 심지어는 네가 아무것도 하지 않더라도 상대의 그날 기분에 따라서 바뀌지. 네가 호감을 얻는 순간 곧바로 수치가 오르는 걸 상상해봐라."

성국은 상상해보았다. 그가 혜진에게 어떤 선물을 건넨 순간에 그녀의 머리 위 수치가 몇 퍼센트 올라가는 그림을. 아블로는 성국의 생각을 읽은 듯 고개를 끄덕였다.

"그걸 도울 힘이 여럿 있다. 가령 네 남은 수명의 나흘을 쓴다면, 현재 김혜진의 걱정거리를 알 수 있다."

"걱정거리요?"

"만약 그 걱정거리가 네가 해결해줄 수 있는 거라면 어떤가? 너에 대한 호감도가 올라가지 않겠는가?"

"아! 하, 하겠습니다. 나흘을 쓰겠습니다."

다급히 달려드는 성국을 흡족하게 바라본 아블로는 손가락을 튕겼다. 다음 순간 성국의 눈이 번뜩였다.

"아! 그런?"

머릿속에 뭔가 강제 주입되는 느낌! 성국은 혜진의 걱정거리를 바로 깨닫게 되었다. 친구에게 돈을 빌려주었는데, 갚기로 한 날이 일주일이 지났음에도 친구가 언급조차 없다는 것. 차마 먼저 돈 얘기를 꺼내진 못하겠고, 안 하자니 계속 모른 척할 것 같단 걱정이었다. 성국의 머리가 빠르게 회전하는 동안, 아블로는 씩 웃으며 사라졌다.

그리고 시간이 흘러 오후, 친구들이 모두 모인 자리에서 성국이 나섰다.

"참 재성아. 너 나한테 갚을 돈 있지 않았나?"

"뭐? 뭔 소리야 내가 너한테 무슨 갚을 돈이 있어?"

"그래? 누가 돈을 빌려 갔던 것 같은데 기억이 안 나서. 너 진짜 나한테 돈 빌린 적 없어?"

"나 아니야! 내가 빌린 돈이 있긴 한데…… 너가 아니라 혜진이한테 빌렸어."

"어, 그럼 그 돈은 갚았어?"

성국의 말이 끝나자 눈치를 보고 있던 혜진이 가볍게 끼어들었다.

"아니. 아직 안 갚았지. 재성이 너 일주일 전에 갚는다고 했잖아?"

"어? 아아, 깜박했다. 갚을게. 쏘리."

재성이가 사과하자마자 곧바로 성국이 말을 얹었다.

"말로만 그러지 말고 바로 갚아 인마. 친구 사이가 그런 사소한 거로 금 가는 거다."

"아이 알았다 인마. 바로 갚는다 지금!"

재성이가 핸드폰을 들자, 성국은 씩 웃으며 혜진의 눈치를 살폈다. 티 내지는 않으려 하지만, 몹시 기뻐하는 게 느껴졌다. 마침 혜진이 성국을 한번 돌아보았을 때, 성국은 관자놀이에 손을 올려보았다. 아! 14퍼센트였다. 이렇게 쉽게 5퍼센트나 올라간다고? 심장이 두근거렸다. 혜진은 기분 좋게 웃으며 핸드폰을 흔들었다.

"오케이! 재성이가 돈 갚은 기념으로 내가 커피 한 잔씩 쏜다! 컴포즈 가자! 1,500원 넘는 거 고르기 없기다."

행복해하는 혜진을 보니 성국도 기분이 좋아졌다. 역시 혜진은 사랑스럽다. 무슨 일이 있어도 꼭 그녀를 차지하리라!

그날 밤, 성국은 집에서 또 아블로와 마주하게 되었다.

"네 수명의 한 달을 쓴다면 말이지."

"네? 한 달이나요?"

한 달이란 수치는 성국을 긴장케 했다. 오늘 낮처럼 고작 나흘 정도면 부담이 없지만, 한 달? 그건 좀 크지 않나? 하지만 이어지는 아블로의 말은 성국의 고민을 날려버렸다.

"김혜진의 주변 사람 중 고백했을 때 성공률

이 가장 높은 이가 누군지 알려줄 수 있다. 성공 확률이 몇 퍼센트인지도."

"뭐라고요!"

이건 할 수밖에 없었다. 한 달이고 뭐고, 너무나도 알고 싶어 눈이 돌아갔다.

"알고 싶습니다. 하겠습니다. 그게 도대체 누굽니까?"

아블로는 씩 웃으며 손가락을 튕겼다.

"현재 김혜진에게 고백했을 때 성공률이 가장 높은 사람은 '한지우'다. 성공률은 68퍼센트."

성국은 충격에 빠졌다. 68퍼센트라니? 자신과는 비교도 안 되게 높지 않은가?

"지우가……."

지우의 모습을 떠올린 성국의 안색이 어두워졌다. 확실히 키도 크고 잘생기고, 성격도 좋은 녀석이었다. 객관적으로 혜진과 잘 어울리는 건 자신이 아닌 한지우가 맞다.

"반대로 혜진이 한지우에게 고백했을 때 성공률은 81퍼센트다."

아블로가 전해준 추가 정보는 성국의 얼굴을

더욱 일그러뜨렸다. 기다렸다는 듯 아블로가 속삭였다.

"그렇다고 둘이 사귄다는 건 아니지 않은가? 이제 정보를 알게 되었으니, 둘 사이를 이간질할 수 있다."

"아."

"그리고 어차피 네가 먼저 고백하면 끝인 거다. 고백 성공률을 더 높이고 싶지 않은가? 그렇다면, 네 남은 수명의 석 달을 삭감하고 얻을 수 있는 능력이 무엇인지 궁금하지 않나?"

"뭐죠?"

"말 되돌리기. 김혜진에게 한 말을 주워 담을 수 있다. 김혜진은 방금 네 말을 잊어버리며 인지하지 못하게 되고, 네가 다시 한 말로 기억이 대체된다. 인간이 친밀도를 쌓는 데 있어서 가장 중요한 게 대화지? 이 능력이면 넌 모든 대화 상황에서 최적의 말을 할 수 있게 되는 거다. 석 달의 수명을 삭감하겠는가?"

성국은 고민의 여지없이 바로 고개를 끄덕였다. 고민하기에는 한지우와 혜진의 상태가 충격

적이었으니까. 아블로는 고개를 끄덕이고는 손
가락을 튕겼다.

"됐다. 김혜진과 대화 중에 말을 주워 담고 싶
을 때마다 손목 위를 꼬집어라."

다음 날, 성국은 그 능력의 정확한 위력을 확
인할 수 있었다.

"혜진아. 지우가 너 뒷담화하고 다니더라. 알
고 있었어?"

"뭐? 지우가 그럴 애가 아닌데…… 거짓말하
지 마."

정색하는 혜진의 얼굴을 보자마자 성국은 다
급히 손목 위를 꼬집었다.

"혜진아. 오늘 날씨 좋지 않아?"

"그러니까. 진짜 날씨 좋다."

해맑게 웃는 혜진의 얼굴을 보며 성국은 확신
했다. 이제 난 어떠한 말실수도 주워 담을 수 있
구나! 사용법이 익숙해지자, 성국은 이게 정말
엄청난 힘이란 걸 알게 되었다. 혜진과 단둘이
대화할 때 그는 항상 최선의 말을 고를 수 있었
다. 실제 게임에서도 최적의 대사를 고르라는 선

택지가 나오는데, 이 능력이 가장 게임에 가까운 사기 능력이란 생각이 들었다.

성국은 혜진과 대화를 하면 할수록 점점 더 능숙해졌고, 매번 혜진의 웃음을 끌어냈다. 끝내는 이런 말까지 듣게 되었다.

"역시 성국이 너랑은 정말 대화가 잘 통한다니까!"

그때 성국의 기분은 하늘을 날 듯했는데, 혜진의 머리 위에 뜬 고백 성공률이 31퍼센트까지 올라가 있었기 때문이다. 대화만 잘해도 고백 성공률이 올라갔다. 하지만 성국은 거기에 만족하지 않았고, 이후로도 수명 사흘을 써서 혜진이 현재 원하는 선물을 알아낸다거나, 보름의 수명을 써서 가벼운 터치를 해도 괜찮은 순간을 파란불과 빨간불로 구별하는 능력을 얻기도 했다.

성국은 진짜로 게임하듯이 그녀를 공략했고, 고백 성공률은 쭉쭉 올랐다. 빠르게 40퍼센트대에 진입한 성국은 점차 마음의 여유가 생겼다. 마치 전설 속 카사노바라도 된 듯이 이성의 마음을 얻는 일에 자신감이 생겼다. 가끔은 그런 생각도 했다.

'지금의 자신이라면 이 대학 누구든 다 꼬실 수 있지 않을까?'

한데, 고백 성공률은 40퍼센트 중반에서 갑자기 정체되었다. 한 시간 동안 대화로 크게 웃겨 줘도 고작 1퍼센트가 올랐고, 원하는 선물을 알아내어 건네도 겨우 1퍼센트였다. 더 답답한 것은 아무런 이유 없이 1퍼센트가 떨어지기도 한다는 점이었다. 단지 하루가 지났다는 이유만으로, 혹은 혜진에게 기분 나쁜 일이 있다는 이유로도 그랬다. 겨우겨우 50퍼센트를 넘기게 된 것은 성국의 예상보다 훨씬 긴 시간이 흐른 뒤였다. 그래서 그는 걱정이었다.

"적어도 80퍼센트는 넘어야 고백할 수 있을 것 같은데……."

성국은 도박을 하고 싶지 않았다. 확실하게 성공하고 싶었다. 다만 고백 성공률을 80퍼센트 이상으로 만들려면 몇 달은 더 걸릴 것 같은데 그 긴 시간을 보내며 안달할 자신이 없었다. 그때 아블로가 나타났다.

"원래 VIP가 아니면 절대 열어주지 않는 힘이 있다. 특별히 너에게 열어주지. 고백 성공률이 50퍼센트가 넘어가면 무조건 성공하게 만드는 능력을 가질 수 있다면 어떤가?"

"정말입니까? 그게 가능합니까?"

성국은 경악했다. 지금 자신에게 필요한 능력이 바로 딱 그것이었다. 하지만, 그건 너무 엄청나지 않은가?

"근데 그…… 제 수명이 얼마나 삭감됩니까?"

"능력 사용에 쓰이는 수명은 1년이다."

"1년이요?"

성국은 놀랐다. 그런 엄청난 힘이 고작 수명 1년이라니? 물론 1년이란 게 적은 시간은 아니지만, 그 힘을 얻는 데 쓴다면 그럴 만한 가치가 있지 않을까.

"제게 그 힘을 주십시오!"

아블로는 웃으며 성국의 양손을 맞잡아 왔다. 성국은 움찔 놀랐지만, 악마의 빛이 손에 스며들 때까지 견뎠다. 곧 아블로는 성국의 손을 놓곤 흡족하게 고개를 끄덕였다.

"이제 넌 양손 깍지를 낀 상태에서 상대에게 고백하면 그 능력을 사용하게 된다."

"감사합니다!"

성국은 곧장 혜진을 찾아가 시도했고, 크게 흥분했다. 51퍼센트였던 혜진의 머리 위 숫자가 성국의 고백이 끝나자마자 100퍼센트로 바뀌는 게 아닌가? 그녀는 수줍게 고개를 끄덕였다.

"좋아. 네 마음을 받아줄게."

"정말? 고마워!"

성국은 세상을 얻은 기분이었다. 매일 설렘과 두근거림이 가득했다. 함께 도서관 공부 데이트, 손잡고 걷기, 맛집 탐방, 영화 보기…… 평소 꿈꾸었던 모든 일을 했다. 세상에서 가장 행복한 남자는 자신이 아닐까? 그야말로 그렇게 확신할 수 있는 나날의 연속이었다.

하지만 혜진과 행복한 연애를 시작했음에도, 성국에게는 버리지 못한 한 가지 버릇이 있었다. 관자놀이로 손을 올리는 버릇 말이다. 습관적으로 사람들을 볼 때마다 머리 위 확률을 보곤 했다. 그는 별다른 생각 없이 하는 행위였지만, 퍼센티지가 높은 여자를 볼 때마다 무의식적으로 그런 생각이 들었다.

'저 여자는 내가 조금만 노력하면 얼마든지 꼬실 수 있겠네.'

어차피 50퍼센트만 넘기면 100퍼센트인데, 50퍼센트 올리는 건 일도 아니었으니.

실제로 한번은 학과 술자리에서 움찔하기도 했다. 학교 최고 여신인 시현의 머리 위에 16퍼센트나 떠 있는 게 아닌가! 심지어 시현이 술에 더 취할수록 퍼센티지가 실시간으로 올라가기까지 했다. 그 순간 성국은 자기도 모르게 생각했다. '난 혜진이 아니라 시현과 사귈 수도 있었는데'라고…… '혜진이 7점이면 시현은 10점인데'라고…….

사실, 성국은 혜진과의 연애에서 불만이 하나 있었다. 스킨십 진도가 안 나간다는 점이다. 혜진이 그런 쪽으로 워낙 보수적인 성향이었기에 사귄 지 얼마 안 된 지금은 뽀뽀조차도 못 한 채였다. 성국은 솔직히 그게 답답했고, 자꾸 다른 곳으로 눈이 돌아갔다.

예전의 그였다면 한눈팔 일이 없었겠지만 지금의 그는 그럴 능력이 있었으니까. 이 세상 여자 누구든 꼬실 자신이 있었으니까. 자꾸만 손해 본다는 기분을 무의식적으로 느끼지 않을 수가 없었던 것이다.

그러던 어느 하루, 우연히 친구를 따라 태어나 처음으로 헌팅포차란 곳에 간 성국은 깜짝 놀랐다. 하룻밤 원나잇을 노리고 온 청춘남녀가 가득한 그곳에서 본 머리 위 수치는 놀랍게도 모조리 두 자릿수였다. 20에서 40퍼센트대까지, 심지어 만취한 한 여자는 50퍼센트가 넘기도 했다. 성국은 침을 꿀꺽 삼킬 수밖에 없었다. 자신에게 50퍼센트가 간신히 넘는다는 건 100퍼센트란 말이 아닌가?

자기도 모르게, 충동적으로, 술김에, 성국은 그녀에게 다가가 깍지 낀 손으로 말했다.

"같이 나가실래요?"

그 순간 성국은 보았다. 여자의 머리 위 숫자가 100퍼센트가 되는 것을.

"좋아요. 나가요."

성국은 심장이 미친 듯이 뛰었다. 그녀와 단둘이 그곳을 빠져나갔고, 처음으로 여자와 하룻밤을 보내게 되었다. 다음 날 아침, 그녀의 머리 위 숫자가 30퍼센트대로 떨어져 있는 걸 보았지만 상관없었다. 그의 머릿속은 딴생각으로 가득했다. 어젯밤 헌팅포차에 있었던 여자 그 누구라도 다 꼬실 수 있다는 생각 말이다.

성국은 그때부터 원나잇에 중독되었다. 안 그럴 수가 없었다. 그런 곳에 가면 그가 원하는 어떤 여자하고든 잘 수 있었고, 그게 친구들 사이에서 영웅으로 불리기도 했다. 성국은 성공률을 올리기 위해서라면 서슴없이 거짓말을 했다. 어떻게든 50퍼센트만 넘기면 됐으므로.

"내 직업은 별거 없고, 그냥 평범한 건물주야. 여기서 가까운데, 보여줄까?"

거짓말로 속이든, 술을 먹이든 머리 위 수치 50퍼센트만 넘기면 끝인 게임. 성국은 본능이 시키는 대로 유흥 생활을 즐겼다. 그 과정에서 혜진에게 소홀해져 싸우고 헤어졌지만, 개의치 않았다. 여자친구가 필요하면 언제든 만들 수 있고, 지금 당장 가장 재밌는 것은 원나잇이었으니까. 매일같이 유흥 생활을 즐긴 성국은 몇 달 만에 50명도 훌쩍 넘는 여자와 잠자리를 가진 남자가 되어 있었다. 아블로는 바로 그때 성국을 찾아왔다.

"오랜만이군."

"아, 오셨습니까?"

성국은 아블로를 반가워했다. 그를 원나잇의 신으로 만들어준 것이 이 악마였으니. 하지만 아블로는 그를 비웃었다.

"경고하러 왔다."

"무슨?"

"50퍼센트 확률을 100퍼센트로 만들어주는 권능을 너무 많이 썼더군. 네 남은 수명이 얼마나 될 거라 생각하나?"

"예? 그게 무슨 말입니까?"

"50퍼센트 확률을 100퍼센트로 만들어주는 권능을 사용할 때마다 1년의 수명이 쓰인다. 왜 그렇게 많이 썼지?"

"뭐라고요!"

성국은 술이 확 깨며 기겁했다.

"그, 그게 무슨 말입니까? 한 번 쓸 때마다라니요? 힘을 얻는 데 1년 아니었습니까?"

"그럴 리가. 나는 분명히 사용할 때 1년이라고 고지했다."

"말도 안 돼!"

"벌써 60번 넘게 썼더군. 그러면 60년 이상 삭감이겠구나."

"아잇 씨! 웃기지 마! 그런 게 어디 있어! 날 속였어!"

성국은 악을 썼다. 사기라며 욕하고 발광했다. 아블로는 코웃음만 쳤다.

"단단히 착각하고 있나 본데, 네가 무슨 초능력자라도 되는 줄 알았더냐? 모든 힘은 내 힘이고, 넌 그걸 구매한 구매자에 불과하다. 김혜진 공략법을 구매해놓고, 그 공략법이 다른 모두에게도 써지게 해달라는 거냐? 손등 꼬집기가 김혜진 말고도 통하던가?"

"그, 그건……!"

"대상이 달라지면 비용도 새로 내는 게 당연하지."

"아니 씨! 나한테 한 번도 그런 말 한 적 없었잖아!"

성국은 절규했지만, 아블로는 비웃음과 함께 사라져버렸다. 망연자실한 성국은 어떻게든 아블로를 불러내려 했으나, 그 이후 다신 아블로를 만날 수 없었다.

두려움에 폐인처럼 지내던 어느 날, 성국은 덜덜 떨며 한 여자에게 깍지 낀 손으로 고백해보았다. 그녀의 머리 위 50퍼센트는 그대로 50퍼센트였다. 창백해진 성국은 깨달을 수밖에 없다. 남은 수명이 대략 얼만큼인지, 그 슬픈 계산을 말이다.

*

아블로는 일렁거리는 영상을 껐다. 그러고는 어떠냐는 듯한 얼굴로 비델과 벨을 돌아보았다.

벨은 크게 감탄했다.

"탁월한 수법이네. 마력 비용 측면에서도 즉시 인간의 수명을 에너지로 쓰는 방식이니 큰 비용이 들지 않을 테고. 좋은 평가를 받겠어."

"바로 그것이 내가 자신하는 부분이지."

벨의 칭찬에 아블로가 뿌듯해할 때 옆에서 비델도 인정한다는 듯 고개를 끄덕였다.

"대단하군. 아주 똑똑해. 그래도 말이야, 완벽하지는 않은 것 같군?"

"허?"

비델을 보는 아블로의 눈썹이 꿈틀했다.

"어떤 면에서?"

"일단 페널티를 정확하게 고지했느냐에서 문제가 될 요지가 있어 보이는군. '악마는 계약 시 거짓말을 해선 안 된다'가 단순 거짓말을 말하는 게 아니라는 건 너도 수업을 들어서 알고 있겠지? 말장난처럼 속이는 수법은 지적받기 쉬운 부분이다."

"글쎄. 난 모든 걸 고지했다고 보는데."

"그리고 만약 인간이 순정파면 어떡하지? 한

여성의 마음을 얻는 것만으로 만족하고 산다면 말이다. 네가 테스트한 것이 너무 이상적으로 풀렸을 뿐일지도 모른다."

아블로는 비웃음 가득한 콧방귀를 뀌었다.

"인간이? 흐흐. 자신이 모든 이성을 좌지우지할 힘을 가졌다고 믿는 인간이 한 사람으로 만족할 리가 없다. 힘을 쥐여주면 그 힘을 쓰려고 하는 게 인간의 본능이지. 시간의 문제일 뿐, 대부분 파멸의 길로 들어설 거다."

"낮은 확률로 아닐 수도 있겠지."

"그래?"

아블로는 살짝 기분이 나쁜 듯 비델을 보다가 물었다.

"그렇다면 너는 어떤 주제를 준비했지? 너도 테스트한 게 있을 테니, 한번 보여봐라."

비델은 어깨를 으쓱하더니 상체를 내밀었다.

"네 말대로 인간이 사랑을 욕망하는 건 맞다. 근데 인간이 가장 크게 욕망하는 건 돈이다. 식상하지만 정석이라고 본다, 그게. 그런 의미에서 내가 만든 수법을 보여주자면……."

비넬은 양손을 가슴 앞에 두고 일렁이는 영상을 만들어냈다.

*

서른 살 평범한 3년 차 회사원 도준은 자신의 연봉이 무척 낮다고 생각했다. 객관적으로는 대한민국 평균 이상에 걸쳐 있었지만, 요즘 사람들 눈높이로 보자면 성에 차지 않았다. 자신의 돈 모으는 속도가 답답하기만 했다. 매주 로또를 사고 매주 실망하던 도준은 결국 불법 인터넷 도박에 손을 대고 말았다.

사실, 그가 고등학생 때도 불법 인터넷 도박을 즐기는 무리가 있었다. 도박 중독으로 알바비를 받자마자 탕진한다거나, 이상한 대출까지 받아서 털어 넣는 녀석들. 당시 도준은 그 녀석들을 참 한심하다고 여겼는데, 이제는 그가 그 꼴이 됐다. 가볍게 로또 사는 느낌으로 만 원씩만 하려던 도박은 어느새 수십 단위를 하루 만에 잃는 지경까지 와버렸다. 최후의 보루인 적금엔 손대지 않았지만, 언제 무너질지 모를 상황이었다.

바로 그때, 도준은 악마와 만났다. 꿈속에서 말이다.

"참 바보 같은 도박을 하고 있군그래. 질 수밖에 없는 도박을 왜 하지?"

도준은 악마의 모습에 기겁했지만, 그래도 꿈이라 그런지 말은 나왔다.

"제가 질 수밖에 없는 도박을 한다고요?"

"애초에 불법 인터넷 도박은 무조건 이용자가 지도록 설계되어 있다. 만에 하나 네가 이겨서 큰 금액을 따더라도 그들은 돈을 줄 생각이 없기 때문이지. 입장을 바꿔 네가 운영자라도 그건 당연하지 않겠는가? 어차피 불법으로 참여한 고객들에게 약속을 지킬 이유 따윈 없지."

"저도 알 건 압니다. 하지만 그건 제가 정말 큰 금액을 따거나 아니면, 그들이 사이트를 접으면서 한탕 할 때나 그렇죠. 저처럼 평범하게 조금씩 따는 사람들에게는 돈을 줍니다."

"그래? 불법 토토 사이트들의 평균 운영 기간이 3개월이라면 어떤가? 아무리 믿을 수 있는 사이트라고 광고해도 언제 뒤통수를 때릴지 모르는 거다. 경찰이 조사한 데이터는 거짓말을 하지 않는다."

"아니, 제가 하는 사이트는 3개월이 넘도록 운영 중인데."

"내일 당장 돈 들고 날라도 이상할 게 없다고 보면 되겠군. 넌 인터넷 도박으로 돈을 땄을 때 '출금 신청' 버튼은 몇 번이나 눌러보았는가? 별로 없을걸? 인터넷의 숫자에 불과한 그것이 정말 네 계좌로 다시 돌아올 것 같으냐? 소액이면 몰라도 백만 원만 넘어가도 출금 신청 지연 같은 메시지로 시간을 끄는 곳이 대다수일 거다. 내 말을 못 믿겠으면 확인해보거라."

도준의 얼굴이 일그러졌다. 악마가 하는 말이니 사실인가? 아니면 악마가 하는 말이니까 거짓인가? 알려면 악마의 의도가 중요했다.

"왜 제게 그런 말을 하십니까?"

"너무 멍청한 도박을 하고 있기 때문이다. 인간들이 하는 모든 도박이 그렇지. 버는 자와 잃는 자는 애초에 정해져 있다. 카지노의 승률은 무조건 50퍼센트를 넘어가고, 로또 또한 몇 사람의 승리자를 위해 모두가 패배하고 있지. 하물며 불법 인터넷 도박은 말할 것도 없다. 그런 것들 말고 제대로 된 도박을 하고 싶지 않은가? 네 승률이 50퍼센트가 넘는 유리한 도박 말이다."

"그런 도박이 있습니까?"

"만약 네가 그런 도박을 원한다면, 네가 꿈에서 깨어난 다음 만나도록 하자. 원하는가?"

도준은 곰곰이 생각해보다가 고개를 끄덕였고, 꿈에서 깨어났다. 그리고 아침, 실제 목격하게 된 악마의 모습은 도준을 경악케 했다.

"진짜……! 진짜……!"

"그리 놀랄 것 없다."

악마 비델은 허공에다 손을 내저었다. 그러자 그 자리에 숫자가 칸칸이 적힌 도표 같은 것이 펼쳐졌다. 자세히 보니 카지노의 주사위 게임판과 비슷한 느낌이었다. 비델은 손가락을 '딱!' 튕겼다.

"내가 제대로 된 도박을 알려주지."

허공의 판 위에는 직사각형의 커다란 네모가

있었는데, 그 안에 있던 물음표가 '띠리리링' 하는 효과음에 맞춰 점멸하기 시작했다. 점멸하는 속도는 점점 빨라지다 '띠링!' 하는 효과음과 함께 터지더니, 한 사람의 얼굴이 나타났다. 뚱뚱해 보이는 백인 중년 남자였는데, 사진이지만 실제인 듯 숨을 쉬고 있었다.

"도박의 룰은 간단하다. 이 남자가 언제 죽는지를 맞히는 것이다."

"예?"

"아래쪽 배당을 보고 돈을 걸면 된다."

도준의 눈이 점수로 향하자 비넬이 설명하듯 말했다.

"먼저, 간단하게는 홀짝이 있다. 홀수 연도에 죽을지, 짝수 연도에 죽을지를 맞히는 거다. 카지노의 주사위 홀짝은 배당이 ×2지만, 이건 다르다. ×3이다. 이게 얼마나 네게 유리한 조건인지 감이 오나? 다른 베팅도 마찬가지다."

도준은 의식할 새 없이 도박판의 숫자들에 집중하기 시작했다. 10년 단위로 사망일을 맞히는 건 ×6이었다. '앞으로 1-10년 사이에 사망한다'나 '앞으로 11-20년 사이에 사망한다' 같은 식의 메뉴 중에 고르는 것 말이다. 다음으로는 무려 배당이 ×30이었는데, 1월부터 12월 중 몇 월에 죽는지를 맞히는 것이었다. 마지막으로 충격적인 ×100이 있었으니, 1일에서 31일 중 날짜를 맞히는 것이었다.

"어떤가? 네게 정말 유리한 도박이 아닌가? 여기에다가 저 인간에 대한 정보도 제공된다. 이름, 나이, 직업, 병력, 사는 곳, 식습관, 인간관계, 지난 일주일의 행보까지 말이다."

도박이라는 것을 어느 정도 알고 있던 도준은 비넬의 말을 인정해야만 했다. 객관적으로 이 도박은 그가 아는 모든 도박보다도 훨씬 유리했다. 무엇보다 한 가지 규칙이 결정적이었다.

"그리고 이 도박은 베팅의 제한이 없다. 네가 걸고 싶은 만큼 얼마든지 걸어도 된다."

"베팅 제한이 없다고요……?"

마지막 규칙을 듣자 도준의 머릿속에 번개처럼 스치는 것이 있었다. 아주 유명한 그 도박 필승법.

"어떤가? 이 도박에 참여하겠는가?"

도준은 자기도 모르게 고개를 끄덕였다. 상대가 악마고 뭐고, 이건 그럴 수밖에 없었다.

"좋다. 그러면 첫 도박을 시작해볼까? 이 인간이 언제 죽을지 베팅해라. 인간의 정보를 알고 싶다면 직접 손으로 조작해라."

"아……."

도준은 어정쩡한 자세로 판에 다가갔다. 백인 중년 남자의 얼굴로 손을 뻗으니, 여러 조작이 가능했다. 전체적인 신체를 볼 수도 있었고, 메뉴를 누르면 이름과 나이 등의 정보도 볼 수 있었다. 그러나 기기 조작이 당장 익숙하지 않았던 도준은 자세히 보진 않고, 돌아서서 비델에게 말했다.

"그, 홀수 연도에 걸겠습니다."

"얼마를?"

"아. 음. 10만 원?"

도준의 말이 끝나자마자 비델이 손가락을 딱 튕겼다. 그 순간, 도준의 핸드폰에 알람이 떴다. 계좌에서 10만 원이 출금되었다는 내용이었다.

"아?"

"그럼 난 지옥에 가서 이 인간이 언제 죽는지 미래를 보고 오겠다. 결과는 스물네 시간 뒤에 나온다."

비델은 갑자기 사라졌다. 놀란 도준이 방 안을 두리번거렸다. 방금까지 일어났던 일이 꿈처럼 느껴질 만큼 너무나도 평범한 평소의 방이었다. 자신의 볼이라도 꼬집어봐야 하나 싶었지만, 핸드폰에 뜬 은행 앱 알람이 이 모든 게 현실임을 말해주고 있었다.

"세상에……. 내가 사람 목숨으로 도박을 하다니……?"

새삼 몸이 떨려왔다. 도대체 무슨 일이 일어난 거지?

다음 날 아침, 도준은 비델과 다시 만나게 되었다. 허공에는 어제 그 도박판이 펼쳐져 있었고, 자신이 건 돈 10만 원이 '홀수 연도' 칸에 놓여 있는 게 보였다.

"결과를 발표하겠다."

비델이 손가락을 튕긴 순간, 백인 중년 남자의

모습이 영상으로 바뀌었다. 병원 침대에 누워 있는 한 노인과 주변에서 가족들이 울고 있는 장면이다.

"2061년 5월 15일 사망이다."

"아! 그, 그럼?"

'띠리링!' 하는 효과음이 들리더니 허공에 떠 있던 판돈 10만 원이 30만 원으로 늘어났다. 이윽고 도박판 정리가 일어나고, 도준의 핸드폰에 알람이 울렸다. 30만 원 입금. 어안이 벙벙해진 도준이 고개를 들었을 때는 비델과 도박판 모두 사라진 상태였다.

"도대체 이게……?"

도준은 한동안 허공만 바라보고 서 있었다. 회사에 출근해서도 그 일을 계속 생각했다. 사람의 목숨이 주사위처럼 사용되는 도박이었지만, 배당은 정말 유리했다. 그리고 그는 도박 필승법을 알고 있었다.

"마틴게일 베팅을 하면……."

홀짝 도박에서 이론상 절대로 잃지 않는 베팅 방법이 있었다. 이길 때까지 무조건 홀에 거는 방법이다. 첫 베팅으로 만 원을 걸어 진다면? 다음 베팅은 2만 원을 건다. 진다면? 다음 베팅은 4만 원을 건다. 진다면? 다음 베팅은 8만 원을 건다. 이런 식으로 베팅하다 보면 언젠가는 홀이 나와 돈을 딸 수밖에 없는 필승법이었다. 그래서 카지노들도 베팅 액수나 횟수에 제한을 걸어서 막는데, 악마의 도박은 베팅 액수에 제한이 없다? 심지어 ×2가 아닌 ×3이다? 도준이 따져보기에 이건 무조건 돈을 벌 수밖에 없는 구조였다. 사람의 죽음을 예측하는 찜찜한 도박이긴 해도 말이다.

"근데 악마는 왜 사라졌을까……?"

필승법을 거듭 생각하다 보니, 도준은 은근히 악마가 다시 나타나길 바라게 되었다. 그러자 그날 밤, 정말로 비델이 방으로 찾아왔다.

"다음 게임을 해볼까?"

비델은 허공에 도박판을 펼쳤고, 이번에는 젊은 흑인 여성이 나타났다. 침을 꿀꺽 삼킨 도준은 대충 그녀의 정보를 보는 듯하다가 바로 말했다.

"홀수 연도에 10만 원을 걸겠습니다."

도준의 계좌에서 10만 원이 사라졌고, 비델도 내일을 기약하며 모습을 감췄다. 이윽고 다음 날, 도준은 깜짝 놀랐다. 한 여자가 끔찍하게 익사하는 영상이 펼쳐졌으니까.

"2070년 1월 3일 사망이다."

도준이 걸었던 10만 원은 허공에서 녹듯이 사라졌다. 도준이 움찔할 때, 비델은 곧장 다른 인간의 모습을 띄웠다. 주름이 진한 늙은 아랍계 남자였다.

"베팅하겠는가?"

"예? 아 예."

도준은 마틴게일 베팅법에 따라 홀수에 20만 원을 걸었다. 다시 찾아온 다음 날, 그 20만 원은 60만 원으로 돌아왔다.

"2029년 7월 6일 사망이다."

도준은 사망일을 듣자마자 자기도 모르게 '됐다!' 주먹을 움켜쥐었다. 그러고는 이내 아차 싶었다. 한 노인이 화장실에서 홀로 싸늘히 사망한 장면을 보면서 '됐다!'라고? 그는 급히 표정을

지우며 눈치를 봤다. 비델은 말했다.

"다음 게임을 해볼까?"

이번 도박판에 뜬 얼굴은 진한 인상의 백인 남자였다. 도준은 곧바로 마틴게일 베팅을 하려다가 멈칫했다. 그리고 괜히 남자의 정보를 신중히 들여다보는 등 시간을 끌었다. 시작하자마자 베팅하는 건 인간성이 결여되어 보일 것 같아 혼자 눈치가 보여서 말이다. 아까 주먹을 움켜쥐었던 자기 모습이 스쳤던 거다. 한데? 남자의 정보를 살피던 도준의 눈이 휘둥그레졌다.

"사형수라고?"

도준은 머리가 나쁜 사람이 아니었다. 사형수라면 사형일을 대충 예상할 수 있지 않을까 하는 생각이 번뜩였고, 비델을 돌아보았다.

"저 혹시, 베팅하는 데 시간제한 같은 게 있습니까?"

"무제한이다."

"아! 그러면 잠시만……."

도준은 이 사형수의 이름을 인터넷으로 찾아보았다. 그는 미국인이었는데, 앨라배마주의 교도소에 수감 중이었다.

"앨라배마주? 사형을 집행하는 주인가……?"

검색하자 바로 작년에도 앨라배마주에서 사형이 집행됐다는 사실을 찾을 수 있었다. 그는 신중히 검색량을 늘려갔고, 한 가지 결론에 도달했다. '앞으로 1-10년 안에 사망한다'에 걸면 무조건 이긴다!

도준의 심장이 빠르게 뛰기 시작했다. 모험을 할까? 과감하게 모험을 해버릴까? 고민 끝에 짧게 심호흡한 도준은 말했다.

"앞으로 1-10년 안에 사망한다에…… 3백만 원을 걸겠습니다."

"3백만 원이라? 갑자기 큰돈을 거는군."

비델이 손가락을 튕기자, 도준의 핸드폰에 3백만 원이 빠져나갔다는 알람이 울렸다. 비델과 도박판은 사라졌고, 남겨진 도준의 심장이 크게 울렸다. 그에게도 이건 정말 '도박 수'였다. 이제껏 인터넷 도박을 하면서도 이렇게 큰돈을 한 번에 걸어본 적은 없었다. 당연히 그 어느 때보다 크게 흥분한 도준은 진정이 되지 않아 방 안을 돌아다녔다. '맞아, 맞을 거야' 따위를 중얼거리면서 말이다.

그 후로 스물네 시간 동안 도준은 다른 일들이 손에 잡히지 않았다. 오직 악마가 나타나기만을 기다릴 뿐이었다. 이윽고 악마가 나타났을 때 도준의 심장은 또다시 미친 듯이 뛰었다. 악마는 영상을 틀었고, 사형당하는 사형수의 모습이 펼쳐졌다.

"2027년 8월 8일 사망."

"아!"

도준이 건 허공의 3백만 원이 ×6으로 1,800만 원만큼 불어났다. 곧이어 도박판 정리가 일어나고 도준의 핸드폰에 1,800만 원이 입금됐다는 알람이 울렸다.

"으아아하하하!"

도준은 옆에 비델이 있는 것도 잊을 만큼 환호했다. 한 방에 1,800만 원! 그의 인생에 이보다 도파민이 폭발할 일은 없었다. 주먹을 부르르 떨 정도로 기뻐하고 있던 그때, 비델이 말했다.

"다음 게임을 시작할까."

정리된 도박판에 또 새로운 인물이 나타났다. 중년의 인도계 남자였는데, 도준은 그걸 보자마자 웃음기를 거두고 집중했다. 이 도박으로 1,800만 원만 벌겠는가? 얼마든지 더 큰돈도 벌 수 있지 않겠는가? 도준은 신중하게 남자의 정보를 훑기 시작했다. 곧 도준의 몸이 가늘게 떨렸다.

"폐암 말기로 입원 중이라고?"

이건 거저나 다름없지 않은가! 떨리는 입꼬리가 귀까지 찢어지려 했지만, 다급히 정신을 가다듬었다.

"아니 그래도……."

도준은 곧장 폐암에 대해 검색했다. 폐암 말기 생존율, 기적의 사례 등을 모조리 다. 그리고 남자의 지난 일주일 기록을 샅샅이 뒤졌다. 현재 남자의 상태가 어떤지, 희망을 품었는지 체념했는지. 모든 걸 알아본 도준은 결과적으로, 베팅했다.

"1,800만 원 전부 겁니다. '앞으로 1−10년 안에 사망한다'에 말입니다."

이 과감한 베팅의 결과는 1억 8백만 원으로 돌아왔다. 도준은 환호를 지르며 발광했고, 비델은 별다른 표정 변화 없이 다음 도박판을 열었다. 도준은 환장하듯 달려들어 새롭게 뜬 사람의 정보를 살폈다. 실망스럽게도 별다른 게 없었기에, 마틴게일 베팅법으로 돌아가야 했다. 다만 예전처럼 10만 원이 아닌 백만 원 시작으로 말이다.

10만 단위 베팅은 그에게 더 이상 눈에 차지 않았다. 사실은 백만 원도 그랬다. 다음 날 홀수를 맞혀서 3백만 원으로 돌아왔지만, 도준에게 이 정도 액수는 심심하기만 했다. 여기서 원래 필승법을 이어가려면 다시 백만 원을 걸어야 했다. 하지만 도준은 다음 게임에서 5백만 원을 홀수 연도에 걸었다. 결과로 짝수 연도가 나와서 조금 움찔하긴 했으나, 그다음에도 망설임 없이 천만 원을 홀수에 걸었다. 그것은 3천만 원으로 돌아와주었다.

"좋았어!"

이제 도준은 사람의 죽음을 보면서도 거침없

이 기뻐하는 상태가 되었다. 그에게 이건 단지 도박에 불과했다. 누가 어떤 방식으로 끔찍하게 죽든 말든 무감각했다. 어서 다음 게임을 열라고 비델을 바라볼 뿐이다.

그리하여 비델이 연 다음 게임에서는 처음으로 한국인이 나왔다. 시장통에서 흔히 볼 수 있을 중년 여성. 도준은 살짝 동요했지만, 바로 정보를 뒤졌다.

"제주도 사는 분이구면."

약간 색다르기는 했다. 그래도 도준은 기계처럼 홀수에 5백만 원을 걸었다. 다음 날, 그녀의 사망 연도는 짝수 연도였다. 도준은 다음 게임에서 천만 원을 홀수에 걸었고, 그 또한 패배했다. 이어서 2천만 원을 홀수에 걸었지만, 그것 역시 패배했다. 도준은 흔들렸다. 마틴게일 베팅법에 따르면 4천만 원을 걸어야 하는데…… 결코 적은 돈이 아니었다. 이번마저도 짝수 연도가 나온다면?

"저어 혹시……, 조작 같은 걸 하시는 건 아니겠지요……?"

"악마는 양아치가 아니다."

"앗, 넵. 죄송합니다."

도준은 크게 심호흡하며 4천만 원을 홀수에 걸었다. 이윽고, 그는 절망했다. 이번에도 홀수 연도 사망이 아니라니! 심지어 날짜와 죽음의 방식이 최악이었다.

"아니 씹! 죽으려면 일주일만 아니, 6일만 일찍 죽지! 왜 1월 5일에 죽냐고 씨발!"

도준은 자살로 생을 마감한 그 사람에게 욕설을 퍼부어댔다. 빨리 죽지 않고 자살을 질질 끈 이 인간이 너무나도 증오스러웠다.

"개새끼 진짜!"

1억 넘게 벌었던 계좌의 돈은 이제 5천만 원밖에 남지 않게 되었다. 마틴게일 베팅법의 치명적인 단점이 찾아온 것이었다. 가진 돈이 많지 않으면, 필승법은 성립할 수 없다는 지점.

"아으 씨발! 씨발씨발씨발!"

도준은 패닉에 빠졌다. 필승법을 이어가려면 8천만 원을 베팅해야 하는데, 계좌의 돈은 5천만 원을 조금 넘는 정도였다. 어떻게 해야 하는가? 5천만 원으로만 승부해야 하는가?

"으으……"

원래 그 계좌에 있던 돈이 3백만 원 남짓이었다는 건 도준의 기억 속에 없었다. 도준이 기억하는 자기 돈은 1억 3천이었다. 지금 체감상 거의 1억을 잃은 셈이었다. 어떻게 이 '본전'을 찾아야 한단 말인가?

"이 씹, 이젠 진짜 홀수 연도 나올 때 됐어. 무조건이라고……!"

도준은 결국 은행 앱에 들어갔다. 인터넷 도박을 할 때도 깨지 않았던 최후의 보루인 적금을 깨버릴 작정인 거였다. 마지막 순간에 화면을 누르는 손가락이 덜덜 떨리고 있었는데도 적금을 해지했다. 그렇게 조달한 돈으로 악을 쓰듯 선언했다.

"홀수 연도에 8천만 원 겁니다!"

비넬은 고개를 끄덕이며 손가락을 튕겼고, 내일을 기약하며 사라졌다. 도준은 불안함에 미칠 지경이었다. 뜬눈으로 밤을 지새웠고, 회사에 나갔다가도 조퇴해버렸다. 방에 틀어박혀 오직 악마가 돌아오기만을 기다렸다. 비델이 나타났을 때, 도준은 미친 사람처럼 물었다.

"언제 뒤졌습니까? 그 인간 언제 뒤졌냐고요!"

비델은 무표정하게 영상을 펼쳤다. 교통사고로 사망하는 끔찍한 모습이었지만, 도준에게 중요한 것은 오직 연도였다.

"2042년 11월 11일 사망."

"아니 씨발!"

도준의 눈앞에서 8천만 원이 증발했다.

"사기 치지 마 이 개새끼야! 어떻게 다섯 번 연속 짝이냐고! 확률상 말이 안 되잖아 씨발!"

도준은 눈에 보이는 것이 없는 듯 비델을 향해 욕설과 손짓을 해댔다. 그 순간, 비델이 깊은 숨을 내쉬었다. 폐부를 긁는 듯한 귀곡성이 퍼지며, 유황 냄새 가득한 하얀 연기가 뜨겁게 뿜어져 나왔다. 비델의 코앞까지 갔던 도준은 다리에 힘이 풀리며 뒤로 주저앉고 말았다. 비델의 가라앉은 눈이 도준을 내려다본 순간, 도준의 온몸이 사시나무 떨리듯 떨렸다. 상대는 인간이 아니라 악마인 것이다.

"저번에 분명 말했을 텐데. 악마는 양아치가 아니라고."

"으으…… 으……. 그, 그게 아니라……."

"고작 다섯 번 연속으로 짝수가 나오는 일이 어떻게 사기인가? 그들 모두의 죽음은 독립시행이다. 그들의 운명을 내가 조작할 이유도, 능력도 없다. 운명을 조작할 수 있다면 그냥 너 하나의 운명을 조작해버리지, 네까짓 게 뭐라고 너 하나 때문에 여럿의 운명을 조작하겠는가?"

허리를 숙인 비델의 살벌한 얼굴이 도준의 얼굴 가까이 다가왔다.

"네 패배를 받아들일 수 없는가?"

"아, 아, 아닙니다……!"

도준은 비델의 뜨거운 숨결을 느끼자 어떠한 저항도 생각할 수조차 없었고, 비델이 뒤로 물러나고서야 겨우 막혔던 숨을 쉴 수 있었다.

"다음 게임을 시작하겠는가?"

"아……."

비델은 허공에 띄운 도박판을 가리켰다. 도준의 눈에 서서히 독기가 차오르기 시작했다. 내 돈! 내 돈, 내 돈, 내 돈!

"이이이……!"

차마 비델에게 대들지는 못했지만, 피눈물이 날 듯 도준의 얼굴 가득 핏줄이 솟구쳤다. 그 적금이 어떤 돈인데! 돈이 지독히도 안 모이는 괴로움과 지겨움을 견디며 3년간 쌓은 종잣돈인데 그걸 이렇게 잃을 순 없었다. 무슨 수를 써서라도 되찾아야 했다. 하지만 그의 계좌에 남은 돈은 겨우 백만 원이 넘는 수준. 고작 이 돈으로 어떻게 복구한단 말인가? 다시 10만 원씩 마틴게일 베팅법을 한다고? 몇십만 원 벌자고? 어느 세월에!

"으으……!"

도준은 어금니가 부서질 듯 이를 악물었다. 무표정하게 그 모습을 바라보던 비델이 손가락을 하나 세웠다.

"그렇게 억울하고 분하다면, 불합리하다고 생각한다면 한 가지 베네피트를 주겠다."

비델은 도박판 위의 빈 직사각형을 가리켰다.

"저곳에 올릴 다음 사람을 네가 선택할 수 있게

해주겠다. 대신 너와 친한 지인 중에 한정한다."

"예? 제가 선택한다고요? 제가……?"

도준의 눈이 커졌다. 이게 무슨 뜻일까? 내가 선택할 수 있다는 게 어떤 의미일까? 어떤 베네피트지?

"싫은가?"

"아, 아닙니다! 그렇게 하겠습니다. 네, 부탁드립니다!"

일단 주는 건 받고 본 도준은 혼란스러운 머리를 어떻게든 굴리려 애썼다. 얼마 뒤, 들어 올려진 그의 시선이 허공 한 지점에 꽂혔다.

"몇 월에 죽는지 맞히면 서른 배……! 며칠에 죽는지를 맞히면 백 배……!"

백만 원도 1억이 될 수 있다! 도준은 침을 꿀꺽 삼켰다.

"지금 당장 선택할 필요는 없지요?"

"언제든. 네가 원할 때."

비델은 그 말을 끝으로 사라졌고, 도준은 크게 심호흡하며 깊은 생각에 잠겼다.

다음 날, 회사 탕비실에 커피를 타러 간 도준은 먼저 와 있던 동기에게 물었다.

"상호야. 네 생각에 너는 언제 죽을 것 같냐?"

"뭔 소리야?"

"그냥 너는 네가 언제 죽을 것 같냐고."

"내가 그걸 어떻게 알아 인마? 너는 아냐?"

"어휴, 아니다."

만나는 사람에게마다 같은 질문을 던졌지만, 유효한 대답이 돌아올 리가 없었다. 자기가 언제 죽을지 알고 사는 사람이 어디 있겠는가? 도준은 그저 종일 심각한 얼굴로 생각만 계속했다. 그러다 부장님께 한 소리 듣기도 했지만, 회사 일이 손에 잡힐 상황이 아니었다.

생각을 이어가며 가만히 모니터를 바라보다가 얼굴을 일그러뜨렸다. 특히, 한 인간의 얼굴을 떠올리면 화가 치밀어 올랐다. 1월 5일에 자살한 그 인간 말이다. 그때 그 인간이 6일만 일찍 자살했어도 이런 꼴은 펼쳐지지 않았을 것 아닌가?

절로 씨발 소리를 중얼거리던 도준은 일순 무

언갈 깨달은 듯 두 눈을 부릅뜨며 벌떡 일어났다. 빠르게 눈알을 굴리던 그는 급히 사무실을 빠져나와 화장실로 향했고, 얼른 친구에게 전화를 걸었다.

"어! 진호야! 저번에 네가 말했던 거 말이야. 해진이 녀석 소식, 그거 진짜야? 걔가 우울증으로 자살 시도했었다는 거? 어어. 그래, 그! 야, 너 해진이 번호 있어? 연락처 좀 알 수 있나? 인스타라도 뭐 하나? 어어 그래. 보내줘."

통화를 끊은 도준은 핸드폰만 뚫어져라 보다가 진호의 문자가 오자마자 바로 해진에게 전화를 걸었다.

"어! 어어, 해진이냐? 나 도준이! 이도준이! 오랜만이다 야! 작년에 진호 결혼식에서 봤었나?"

자연스러운 톤을 유지하던 도준은 마지막 순간 긴장하며 물었다.

"시간 괜찮으면 한번 얼굴이라도 볼까? 내가 갈게. 어어! 그래, 혹시 오늘 저녁에 시간 돼? 어어, 음성 어딘지 알지. 충북 음성. 내가 갈게. 어어. 어. 어어."

통화를 끝낸 도준은 화장실을 나오자마자 급한 일이 있다며 회사를 뛰쳐나왔다. 곧장 차에 올라타 충북 음성으로 가는 길, 핸들을 잡은 도준의 손에 힘이 꽉 들어갔다. 가는 동안 긴장 가득한 숨을 몇 번이나 내쉬었고, 목적지에 도착한 다음에도 긴 심호흡을 해야 했다. 주차장에 차를 댄 도준은 카페로 들어가 해진의 얼굴을 찾았다.

"어! 해진아! 오랜만이다!"

"어, 그래. 도준아."

도준은 해진의 모습을 세밀하게 살펴보았다. 야위어 보이는 모습과 눈 밑의 다크서클 같은 것들을.

"잠깐 나 커피 주문하고 올게."

주문대로 가면서 도준은 떨리는 얼굴 근육을 자연스럽게 풀려고 움직여대며 애썼다. 이후 해진과 다시 마주하고 나서는 우선 시시콜콜한 옛이야기부터 천천히 대화를 이어갔다. 그러다 때가 되자, 진지한 얼굴로 물었다.

"해진아. 오해하지 말고 들어. 너 우울증으로 힘들어서 자살 시도했었다면서?"

해진은 쓴웃음을 지으며 고개를 끄덕였다.

"애들한테 소문 다 난 거냐?"

"아니 그냥저냥 좀 알게 됐다. 그보다 말이야……."

도준은 쉽게 입이 떨어지지 않아 수차례 마른 입술을 핥았고, 그 모습에 해진이 먼저 말했다.

"무슨 말 하고 싶은지 알겠는데, 됐다. 너 말고도 지겹게 들었으니까."

"엉?"

"내 마음대로 안 되는 일이라고. 머리로는 나도 아니까 지겨운 얘긴 하지 말자."

다소 퉁명스러운 해진의 말에 도준이 손을 내저었다.

"아! 내 말은 자살하지 말라는 말이 아니고. 그게 있지. 음. 너 혹시, 자살할 거냐? 그럼 언제 자살할 건지 알려줄 수 있냐……?"

"뭐?"

예상치 못한 말을 들은 듯 해진의 표정이 기묘해졌다.

"내가 언제 자살할지 알려달라고?"

"어어, 혹시 그렇게 해줄 수 있냐?"

미간을 찌푸린 해진은 도준의 진의를 살피려는 듯 바라보다가 물었다.

"뭐냐 너?"

"난 네가 자살할 날을 알고 싶다."

"왜?"

해진의 날카로운 눈빛을 피하지 않고, 도준은 오는 동안 준비한 말을 꺼냈다.

"네 말대로 네가 자살하려는 건 다른 사람들이 어떻게 할 수 있는 일은 아니야. 나도 경험해봐서 알아. 고등학교 때 이모가 자살했거든. 그러니 우리가 어떻게 말해도 네 자살은 막지 못하겠지? 그렇다면 난 차라리 너를 영원히 기억할 수 있도록 네 흔적을 남기고 싶다. 우리 회사에서 내가 처음으로 맡은 신제품이 아직 시리얼 넘버가 정해지지 않았는데, 네가 자살하는 날짜를 그 시리얼 넘버로 해서 너를 영원히 기억하고 싶다."

미간을 좁힌 해진은 가만히 도준을 보다가 입을 열었다.

"놀랍다. 다른 사람도 아니고, 연락도 없던 도준이 네가 처음으로 내게 죽어도 된다는 말을 해줄 줄이야. 네 말대로 내 죽음은 주변의 어떤 노력으로도 바꿀 수 없는 일이지. 대단하네. 네 이모가 자살했다고?"

"어, 엉. 너무 사랑했던 이모인데, 우리 온 가족이 어떻게 해도 안 되더라. 그래서 알게 된 거야. 자살할 사람은 그냥 그게 그 사람의 운명이라는 걸 말이다."

"운명이라……. 그래, 운명이네. 그 말이 맞다. 정말로."

해진은 테이블을 내려다보며 긴 한숨을 내쉬었다. 도준은 긴장한 채 말없이 기다렸고, 고갤 든 해진이 물었다.

"시리얼 넘버라고?"

"어. 사실 이게 내가 처음으로 주도한 기획이기도 해서 내 인생에서 정말 중요한 제품이다. 그러니 잊을 수 없을 테고, 너도 추억할 수 있겠지. 그리고 내가 우리 친구들한테도 모두 그 제품으로 널 잊지 않도록 할 거고. 동창회 때 하나

씩 선물할 거야."

"고맙네. 그래도 날 기억해줄 사람이 있어서."

"어어. 근데 출시일이 얼마 안 남아서 시리얼 넘버를 이번 주까지는 정해야 하거든. 그래서 말인데 혹시 언제……."

"언제 죽을 거냐고? 솔직히 날짜를 정해놓고 죽는단 생각은 한 적이 없다. 음…….."

해진은 생각에 잠겼고, 도준은 기대했다. 얼마나 시간이 흘렀을까, 뚫어져라 바라보는 도준의 눈길 속에서 마침내 해진의 입이 열렸다.

"이번 주까지 정해야 한다고?"

"어어!"

"그러면 이번 주가 가기 전에 연락 줄게."

"그, 그래? 그래. 알았다."

"하 참, 설마 죽어도 된다는 말을 듣게 될 줄은 몰랐네."

해진이 피식 웃자 도준도 어색하게 따라 웃었다. 두 사람은 함께 저녁을 먹고는 헤어졌다. 그날부터 도준은 해진의 연락을 계속 기다렸고 이틀 뒤 아침, 드디어 해진의 연락이 왔다.

"도준아. 다음 주 월요일이 내 생일이거든. 그날 죽으련다."

"아……. 그래. 알겠다. 그래, 고맙다."

"나도 고맙다."

해진과의 통화가 끝나자마자 도준의 심장이 미친 듯이 뛰었다. 7일! 해진이 7일에 자살한다!

도준의 눈이 미쳐 돌아갔다. 팔을 접었다 폈다 방 안을 걸어 다니며 중얼대던 그는 외출 준비를 서둘렀다. 그러곤 회사로 출근하지 않고, 은행으로 향했다. 받을 수 있는 만큼 최대한 대출을 받으려고 말이다. 부모님께도 연락하고, 친구들한테도 연락했다. 최대한 돈을 끌어모은 도준은 그날 밤, 비델과 마주했다.

"누구로 할지 정했는가?"

"예. 최해진입니다. 충북 음성에 사는 제 친구입니다."

비델은 도박판 위 직사각형에 해진의 얼굴을 띄웠다. 도준은 마음이 급한 듯 바로 말했다.

"7일에 죽는다는 데 6,650만 원을 걸겠습니다."

도박판 위에 돈이 올라가자 비델은 고개를 끄

덕였다.

"그러면 지옥에 가서 이 인간이 언제 죽는지 미래를 보고 오겠다."

"네!"

비델이 사라진 뒤, 도준은 냉장고로 가 차가운 생수를 벌컥벌컥 마셨다. 그의 머릿속에는 66억 5천이란 숫자가 떠오르고 있었고, 동시에 어마어마한 불안감도 느껴지고 있었다. 혹시 해진이 그날 죽지 않으면 어떡할까? 대출에 부모님 돈까지 죄다 끌어다 썼는데? 이거야말로 그의 인생을 건 도박이라고 봐야 했다.

안절부절못하던 도준은 안 되겠다 싶어 해진에게 전화라도 걸어보려고 핸드폰을 잡으러 갔다. 한데 그가 핸드폰을 집어 들기도 전에 먼저 전화가 왔다. 친구 진호였는데, 아무 생각 없이 받았던 도준은 당황했다. 진호가 울먹이고 있었기 때문이다.

"도준아……. 해진이 갔다. 그 자식이 결국 갔댄다."

"……뭐라고?"

"해진이 그 자식이 결국 갔다고. 이 바보 같은 새끼가 진짜……. 아 진짜 어떡하냐? 아 진짜."

머리가 안 돌아가 멍하니 있던 도준의 입이 겨우 열렸다.

"무슨…… 말을 하는 거야? 뭐라고?"

"해진이가 기어이 자살했다고!"

"뭐? 아니, 아니 아니! 뭐라는 거야? 무슨 말이야 그게 새끼야! 오늘 자살했다고?"

"나도 안 믿겨 인마! 그 바보 같은 새끼 진짜!"

다리에 힘이 풀려 주저앉은 도준은 그럴 리가 없다며 고개를 내저었다.

"개소리하지 마! 해진이가 왜 지금 죽어! 그럴 리가 없잖아! 이 새끼야! 뭔 개 같은 소리냐고!"

도준이 아무리 부정하려 해도 사실을 바꿀 순 없었다. 진호는 해진이 유서에 남긴 말을 전해줄 뿐이었다.

'아직 일주일 안 지났지?'

도준은 미쳐버렸다. 악을 쓰다가 핸드폰을 집

어 던지고, 손에 잡히는 대로 모조리 집어 던지며 고함을 내질렀다. 죽은 해진을 향해 저주받을 욕설을 쏟아내는 그의 꼴은 인간의 모습이 아니었다.

"이 씨발 개새끼야! 이 씹새끼!"

미친 듯이 날뛰던 도준은 순간, 바닥을 잘못 밟으며 엄청난 속도로 서랍장에 머리를 박았다. 그대로 혼절해버린 그의 머리에서 피가 흘러내렸다.

도준이 다시 깨어났을 땐 비델이 와 있었다.

"최해진. 2024년 10월 4일 사망."

혼미한 상태였던 도준은 그 말에 정신이 번쩍 들었다. 절대 안 된다며 벌떡 일어났지만, 도박판 위의 6,650만 원은 먼지처럼 소멸했다. 도준은 또 발광했고, 그가 그나마 좀 진정됐을 때 비델은 담담하게 말했다.

"마지막으로 베네피트를 한 번 더 주도록 하지. 누구로 할 건지 정해지면 오겠다."

비델이 사라지고, 홀로 남은 도준의 눈동자는

돌아 있었다. 무슨 수를 써서라도 이 도박에서 승리해야만 한다. 무슨 수를 써서라도!

한 시간 뒤, 도준은 액정이 나간 핸드폰을 들고 전화를 걸었다. 긴 통화 연결음 끝에 상대와 연결이 되자 도준은 말했다.

"어 할머니. 나야 도준이. 할머니 나 보고 싶어? 오랜만에 할머니 보러 갈까?"

도준의 눈동자는 눈꺼풀 한 번 내려오지 않는 광기로 번들거렸다. 흔하디흔한 도박 중독자의 광기로 말이다.

*

비델이 손을 거두며 영상이 끝났다. 벨은 아블로 때와 마찬가지로 이번에도 손뼉과 감탄을 보냈다.

"정말 대단하네. 평범한 인간을 괴물로 만드는 방식은 고점을 받잖아? 대단하다 진짜. 어떻게 이런 수법을 생각한 거야?"

"별거 아니다. 인간을 연구하다 보면 도박 중독은 절대 못 고친다는 약점을 알 수 있으니 말이다."

담담히 말한 비넬은 아블로를 돌아보았다. 어떠냐는 듯한 그 시선에 아블로는 찬찬히 고개를 끄덕였다.

"보완점이 없지는 않지만 꽤 괜찮군."

"그런가? 보완점이 뭔지는 꼭 알려주었으면 좋겠군."

"똑똑하고 절제력이 있는 인간에게는 네가 악마가 아닌 로또가 될 수도 있다는 거? 나중에 정리해서 말해주마."

"흠. 그래? 그래."

대화를 정리한 아블로와 비넬은 벨을 돌아보았다.

"네가 아까 들려준 여벌 수법 말이다. 마뜩잖긴 한데 그래도 테스트해볼 텐가?"

"시간이 없으니 어쩔 수 없겠지. 지금 우리가 마력을 빌려줄 테니 내려가서 테스트하고 오는 게 어떤가?"

벨은 인상을 찌푸리다가 고개를 끄덕였다.

"고마워. 그러면 부탁 좀 할게."

*

"정말로 영원히 사는 방법이 있단 말입니까?"

양복을 차려입은 중년 남자 '두석규'는 미심쩍은 눈으로 눈앞의 사내를 바라보았다. 후드를 눌러쓴 사내는 빙글 웃더니 후드를 벗으며 본래 모습을 드러냈다. 검붉은 날개를 가진 악마 '벨'이다.

"어헉!"

놀란 두석규가 뒤로 주저앉았다. 벨은 다시 인간의 모습으로 변하며 말했다.

"이제는 믿겠지? 헛소리가 아니란 걸."

두석규의 눈동자가 흔들렸지만, 빠르게 정신을 가다듬었다. 한 기업을 키워낸 수장쯤 되면 이 정도 대처 능력은 기본 소양이었다.

"조, 좋습니다. 그러면 알려주시지요. 영생의 비법이 무엇입니까?"

"영생의 비법은 말이다."

의미심장하게 미소를 지은 벨은 가느다란 손가락으로 두석규의 몸 곳곳을 가리켰다.

"너의 모든 신체를 기생 씨앗으로 만드는 것이다."

"아? 기생 씨앗이 뭡니까?"

"네 장기를 이식받으면 그 사람의 몸에 네가 '기생'하게 되는 거지. 쉽게 말해 그 사람의 몸을 빼앗는 거다."

두석규의 두 눈이 휘둥그레졌고 벨은 사악하게 웃었다.

"그러니 너는 장기 기증 희망 신청을 해라. 누군가 네 장기를 이식받는다면, 그 장기로 인해 그는 죽고 네가 그 몸을 차지하게 된다."

"그런 게 정말로 가능한 이야기입니까?"

"악마는 거짓말을 하지 않는다. 당연히 가능하다. 어떠하냐? 네가 장기 기증을 잘 이용한다면 계속된 삶을 영위할 수 있겠지. 이 힘을 받아들이겠느냐?"

두석규의 눈동자가 떨렸다. 곰곰이 생각해보

던 그는 물었다.

"근데 그러면 제게 몸을 빼앗긴 그 사람은 어떻게 되는 겁니까?"

"소멸하는 거지. 왜? 죄책감이 드나?"

"아니 그건 아니고, 혹시 다시 몸을 뺏길 위험이 있나 해서……."

"전혀 없다. 제법 철저하군."

"아 예. 그럼 여러 장기가 동시에 이식되면 어떻게 됩니까?"

"가장 먼저 이식된 장기만이 깨어나고 나머지는 아무 일도 일어나지 않는다. 너라는 존재가 중복될 일은 없으니 걱정하지 말거라. 정말 철저하군."

"그렇군요. 마지막으로 한 가지만. 왜 제게 이런 기회를 주시는 겁니까?"

벨은 입꼬리를 씨익 올려 미소를 지었다.

"네가 받아들일 것 같아서 말이다. 이 계약으로 내가 얻는 이득이 뭐냐고? 너의 욕망으로 인해 사라지게 될 그 영혼들이다. 네가 빼앗아 갈 몸의 원래 주인들 말이다."

"아! 그렇군요. 과연 악마적이십니다."

두석규는 작게 고개를 끄덕인 뒤 고민에 잠겼다. 잠시 후, 그는 벨을 향해 고개를 숙였다.

"부탁드립니다. 제게 부디 그 능력을 부여해주시지요."

"좋다. 이제부터 네 장기는 모두 기생 씨앗이 될 것이다."

벨은 가느다란 손가락으로 허공에 복잡한 마법진을 그렸다. 그것이 완성되었을 때, 두석규의 몸이 검붉게 빛났다가 원래대로 돌아왔다.

"엇?"

"다 되었다. 가거라. 아직 네 몸의 장기가 쓸모 있을 때 어서 장기 기증을 신청하거라. 다 늙어서 장기 기증도 못 할 몸이 되기 전에 말이다."

마지막 경고의 말과 함께 벨은 연기처럼 사라졌다. 놀라서 굳어 있던 두석규의 몸이 곧 잘게 떨렸다. 그토록 꿈꾸던 영원한 삶! 정녕 그것을 얻게 된 것인가? 정말로 내가 영원히 살 수 있게 된 것인가?

"장기 기증만 하면……!"

두석규는 얼른 주머니 속 핸드폰을 꺼냈다.

"어, 김 비서. 지금 당장 장기 기증 방법을 알아봐. 아니 내가 받는 거 말고, 내가 주는 방법으로 말이다."

이후로 펼쳐진 두석규의 행보는 엄청났다. 그는 벨의 예상보다도 대단한 인간이었다.

장기 기증에 대해 여러 가지를 알아보던 두석규는 어느 날, 그런 생각이 들었던 것이다. 내가 차지한 그 몸이 마음에 들지 않으면 어떡할까? 장기 기증을 받아야 하는 상태라는 것만 봐도 건강한 인간은 아니라는 것 아니겠는가. 그리고 나이도 걱정스러웠다. 만약 50대 환자에게 장기가 기증되면? 최악이었다. 단지 장기 기증 서약에 사인하는 것보다 더 확실한 방법이 필요했고, 두석규는 그럴 능력이 있었다.

'젊고 건강한 청년을 납치해서 강제로 내 장기를 이식한다.'

이것이 두석규가 생각해낸 악마적인 방법이었다. 두석규는 철저한 계획 끝에 세 가지 할 일을 세웠다.

　첫 번째는 장기 이식을 해줄 의사와 시설을 확보하는 일이다. 처음에는 브로커를 통해 해외에서 처리하려고 했지만, 아무래도 안전한 한국에서 하는 게 좋겠다 싶었다. 그런 생각이 든 건 우연히 알게 된 '정재준'이라는 의사 때문이기도 했다. 유능한 의사였지만 강원랜드에 중독되어 모든 걸 잃어버린 정재준은 두석규가 손만 내밀면 뭐든지 해줄 인간이었다. 두석규는 빚을 다 갚고도 남을 거액과 한 병원의 원장 자리를 약속하는 것으로 정재준을 포섭했다.

　보안이 완벽한 수술실까지 확보한 다음, 두석규는 두 번째 할 일에 나섰다. 장기를 이식할 젊고 건강한 청년을 찾는 일이다. 당연하게도 이왕이면 마음에 드는 청년의 몸을 갖고 싶었다. 그에게 이것은 어떤 명품을 쇼핑하는 일보다 더 즐거운 일이었다. 젊어지는 거다. 노안이 온 눈도, 탄력 없는 피부도, 듬성듬성한 머리카락도, 소화가 안되는 위장도, 조금만 뛰어도 숨이 넘어가는 몸뚱이도, 그 모든 게 젊어지는 거다. 이왕이면 얼굴이 잘생긴 놈으로, 이왕이면 키도 크고 몸매가 좋은 놈으로, 이왕이면 서울 소재의 대학교에 다니는 놈으로, 이왕이면…….

두석규가 고르고 골라 최종적으로 결정한 대상은 청년 '김남우'였다. 스무 살짜리의 몸을 차지해 청춘을 다시 만끽한다? 뜨겁게 연애하고, 대학가 술집에서 밤새도록 술을 마시고, 여행을 다니고, 꿈을 가져보고. 두석규는 최근 수십 년 동안 이보다 더 가슴이 두근거린 적이 없었다. 어서 빨리 몸을 빼앗고 싶어 안달이 났다. 그러나 마지막 할 일이 남아 있었다. 그것은 아주 중요한 일이었다. 가진 재산을 정리하여 빼돌리는 일. 몸을 바꾼다 하여 그 많은 재산을 포기할 이유는 없지 않겠는가?

이 일은 예상보다 어려웠다. 합법적으로 깔끔하게 돈을 옮길 방법이 없었다. 중견기업 회장의 전 재산이 갑자기 한 청년에게로 옮겨 간다는 개연성을 누가 인정해주겠는가? 설령 개연성 따위 무시한다 쳐도 세금으로 다 떼일 게 아까웠다. 아니면 모든 재산을 암호화폐와 금괴로 바꾼 다음, 나만이 아는 장소에 숨겨둔다? 하지만 큰돈을 세탁하는 것도 일이었다. 아무 인맥 없는 대학생 청년의 몸으론 말이다.

여러모로 골치가 아팠지만, 두석규는 차근차근 치밀하게 재산 이전을 시도했고, 합법적이고 불법적인 방법을 적절히 섞는 방식으로 준비를 완료했다. 그리하여 드디어 모든 준비가 끝났을 때, 두석규는 김남우를 납치했다. 마취로 잠재운 김남우를 수술실까지 옮기는 것은 두석규 혼자서 진행했다. 완벽한 보안을 위해 그럴 수밖에 없었다.

그렇게 정재준이 주도하는 장기 이식 수술 날이 찾아왔다. 처음 정재준은 자기가 들은 이야기가 믿기지 않았다.

"네? 각막을 이식한 다음 회장님을 죽이란 말입니까?"

"그래. 안락사라고 생각하게. 저걸 간단히 주사하면 돼."

두석규 본인의 원래 몸이 살아 있으면 기생 부활이 안 된다는 점 때문이었으나 그걸 모르는 정재준은 이해할 수가 없었다.

"아니 도대체 왜 그런 짓을……?"

"내가 삶에 미련이 없어서 이렇게 마무리하지만, 이런 식으로 일부라도 남아 세상을 보고 싶은 걸세. 그냥 나만의 영생 방법이라고 생각해주게. 그리고 자네는 이미 제안을 수락하지 않았는가? 원장 자리도 다음 달부터 나가기로 했을 테고. 이건 어차피 다 미친 짓이야. 이유가 무어 중요하겠나."

"그렇지만…… 아니, 알겠습니다. 정 원하신다면야."

사실 정재준도 제정신이 아니었다. 애초에 제정신이었다면 이 수술실에 있을 수가 없었다. 회장의 미친 짓이 무슨 상관이겠는가? 내 인생이 어쩌다 이렇게 됐는지, 어쩌다 이런 지옥에 떨어질 짓이나 저지르고 있는지 싶을 뿐. 덥지도 않은데 긴장으로 땀이 흘러 내렸다.

"다시 한번 묻겠습니다. 한쪽 눈의 각막만 이식하는 것이지요?"

두석규는 고개를 끄덕이며 심호흡했다. 악마

에게 확인한 내용이 들어맞는다면, 한쪽 각막 이식만으로도 씨앗은 심어질 것이다. 그게 그가 찾은 가장 안전하고 회복이 빠른 이식이었다. 두석규는 침대에 누워 마취에 들어갔고, 정재준은 긴 숨을 내쉬며 수술을 시작했다.

얼마 뒤 성공적으로 수술이 끝났을 때 정재준은 주사기를 손에 들었다. 그는 떨림을 애써 억누르기 위해 혼잣말을 계속했다.

"부자 놈들은 변태에 미친 새끼들뿐이라더니 씨발. 또라이 아니야? 하 참 나."

몇 분간 계속 중얼거리던 정재준은 기어이 두석규의 몸에 주사기를 찔러 넣었고, 바닥에 주저앉아 천장을 올려다보았다.

"개 같은 강원랜드……."

정재준은 몇십 분 쉬다가 뒷정리에 착수했다.

*

정재준은 이해할 수 없다는 얼굴로 눈앞의 청년을 바라보았다. 어제까지만 해도 '내게 무슨 짓을 하는 거야!'라고 소리치며 발광하던 청년이 하루아침에 저렇게 침착해질 수 있을까? 청년은 담담한 표정으로 말했다.

"저를 이곳에서 언제 내보내주실 겁니까?"

"그건……, 으음."

정재준은 어딘가 찜찜했지만, 두석규가 생전에 부탁한 대로 행동했다.

"오늘 열두 시가 지나면 자유요. 이곳에서 있었던 일을 절대 누설하지 않겠다고 맹세한 뒤에 말이오."

"맹세하겠습니다."

청년은 마치 기다렸다는 듯이 곧바로 대답했다. 정재준의 미간이 살짝 찌푸려졌지만, 곧 고개를 흔들었다. 난 할 일을 다 했고, 내 알 바가 아니라고.

다음 날 해방된 청년은 자꾸만 히죽거렸다. 새어 나오는 웃음을 참을 수가 없었다. 두석규는 성공적으로 김남우의 몸을 차지한 거였다. 사회로 나온 그는 곧장 모종의 장소로 찾아가 비밀 금고를 열었다. 일단 그 어마어마한 실물 자산 중에 먼저 딱 하나만 꺼냈다. 웃돈을 주고 산 로 또 1등 당첨권이다. 그것만으로도 그는 반칙을 쓴 기분이 들었다. 대학 생활이 얼마나 즐거울 까? 젊음은 얼마나 재밌을까?

행복하게 모종의 장소를 빠져나온 두석규가 다음으로 향한 곳은 병원이었다.

"장기 기증을 신청하고 싶습니다."

완벽했다. 김남우로서의 삶을 만끽하다가 실 수로라도 사망하게 되면, 그땐 또다시 시작되는 거다. 장기 이식을 통한 영생이 말이다.

"나는 신이다. 영원히 살아가는 신!"

두석규는 신으로서의 첫 번째 삶을 만끽하기 로 했다. 스무 살의 삶은 어찌나 그리 재밌는지 몰랐다. 한 여자를 두고 다른 놈이랑 자존심 싸 움도 해보고, 친구들을 모아 배낭여행도 떠나보 고, 연극 동아리에 들어 무대 위에 서보기도 하 고. 그야말로 빛나는 청춘을 즐겼다.

다만, 사람의 성향이 바뀔 순 없는 법이다. 그 는 점점 더 단순 쾌락에 시간을 쓰게 되었다. 그러면서 점점 더 김남우의 몸을 막 쓰게 되었다. 어차피 몸을 옮겨 가며 영원히 살 그에게 건강 따위 신경 쓸 게 아니었으니. 줄담배를 피우고, 매일 술이 떡이 되도록 마셔댔다.

그러다가 끝내는 대마초까지 손대게 되었다. 원래 그의 몸이었다면 감히 상상조차 하지 않았을 일이지만, 이 몸으로는 마약이란 게 그다지 큰 페널티가 아니었다. 몸이 망가진대도 바꾸면 그만 아닌가? 안 그래도 궁금했던 마약을 안 해 볼 이유는 없었다.

하지만 두석규는 후회해야 했다. 대마보다 강한 마약을 하게 되면서부터다. 대마까지는 그런대로 조절되었는데, 본격적인 마약은 차원이 달랐다. 마치 충동 절제가 안 되는 좀비처럼 스스로를 통제할 수 없었다. 아무것도 하지 않고 그저 마약만 영원히 맞고 싶었다. 그렇지만 그럴 순 없다. 이렇게 멍청하게 끝나면 얼마나 허망한 일인가!

정신이 혼미한 와중 두석규는 간신히 붙잡은 이성으로 또 한 번의 기생을 준비했다. 먼저 재산 옮기기에 착수했는데, 비밀 금고의 것들을 다 건드리지 않은 게 천만다행이었다. 합법적으로 옮겼던 재산을 대충 코인 지갑에 정리한 다음, 두 번째 단계에 들어가려 했다. 그러나 이미 마약으로 피폐해진 그에게 그건 너무 어려운 일이었다. 이식 준비 중에도 금단현상 탓에 마약을 쉴 수가 없었기 때문이다.

정신이 나약해질수록 단순한 선택을 하게 되는 법인지, 그는 그냥 몸을 던져버리기로 했다. 적당히 자살한다면 알아서 장기 이식이 진행되지 않겠는가? 그는 그것이 현재 정신으로 실행할 수 있는 가장 현명한 방법이라 생각했다. 자기 자신을 119에 신고한 그는 구급차 소리가 들리자마자 스스로 목을 찔러 자살했다. 장기 기증 서약서가 잘 보이도록 가슴에 걸어두고서.

마지막 순간까지 그가 걱정했던 것은 장기 이식 불발이었다. 때가 안 맞아서 아무에게도 장기가 가지 않으면 어쩌지? 마약에 중독된 장기라고 기증이 거부당하면 어쩌지? 그런 생각은 기우였다. 사실 그는 119가 도착할 때까지는 살아 있었고, 병원에 도착해서야 사망했으니 말이다. 그의 몇몇 장기들은 필요한 사람들에게 이식되었다.

다만 한 가지, 그가 몰랐던 사실이 있다. 벨이 힘을 부여한 기생 씨앗은 두석규의 신체였지, 김남우의 신체가 아니라는 것. 그가 다시 한번 몸을 바꾸기 위한 유일한 방법은 왼쪽 각막의 이식이었다. 안타깝게도 이번엔 그 누구에게도 이식되지 못한 채 버려지게 되었지만.

벨은 두석규의 최후를 흡족하게 내려다보았다. 이 정도면 마력이 전혀 아깝지 않은 시뮬레이션이었다.

"실험해보길 잘했네."

벨은 만족스럽게 고개를 끄덕이며 얼른 지옥으로 돌아갔다.

*

벨은 가슴팍에 펼쳐놓았던 영상을 끄며 머쓱

하게 말했다.

"영상 퀄리티가 떨어지지? 내가 너희보다 기술력이 좀 부족하니까 말이야. 그렇지만, 직접 보니 어때?"

아블로와 비델은 모호한 표정을 지었다.

"왜? 별로야?"

벨의 불안한 표정을 본 아블로가 한숨을 내쉬며 대꾸했다.

"벨, 너는 '계약의 기본 1' 수업을 듣지 않았나? 인간과 계약한 내용은 철저히 지켜야 한다는 걸 배웠을 텐데. 네 수법은 계약을 지키지 않은 것에 가깝다."

"뭐? 설마 내가 그놈을 기만한 것 때문에 그래? 아니 난 거짓말을 한 게 아니라 사실을 말하지 않은 건데? 둘은 다르잖아?"

"그 선을 잘 조절하는 게 중요하지. 내 경우도 1회당 1년의 수명이 줄어든다는 사실을 인간이 착각하도록 하려고 세밀하게 조절했다. 하지만 너의 경우는, 글쎄…… 어떻게 평가해야 할지 모르겠군."

아블로의 평가가 끝나자 비델도 안타까운 얼굴로 말을 더했다.

"그리고 너무 한정적이다. 네가 선택한 그 인간은 매우 특수한 인간이다. 그게 행운이었던 거지. 파멸적인 모습이 이번에는 그럴듯하게 나왔지만, 과연 그 수법에 범용성이 있을까?"

"그건……."

벨은 반박할 말을 잃었다. 두 친구의 말대로 이 수법은 부족한 점이 너무나도 많았다. 결국 벨은 한숨을 내쉬었고, 두 친구가 물었다.

"왜 그렇게 영생에 집착하는가?"

"그래. 다시 한번 말하지만, 영생처럼 마력 비용이 큰 테마는 우리 같은 대학생이 건들 게 아니다."

"영생이 아닌 다른 고효율 수법으로 가면 안 되겠는가?"

벨은 고개를 흔들었다.

"우리 집안의 위대한 악마인 할아버지는 진시황을 영생으로 파멸시켰었다고. 지금도 전설로 내려오는 그 수법으로 말이야."

"물론 네 할아버지를 모르는 악마는 없지. 흠, 그러니까 너도 존경하는 할아버지의 뜻을 잇겠다는 건가?"

"꼭 그런 건 아니지만……. 아니 사실은 맞아. 나도 할아버지처럼 위대한 악마가 되고 싶어. 너희도 솔직히 알잖아? 내가 낙제점 악마인 거. 내 몸에도 분명 할아버지의 피가 흐를 텐데 난 왜 이 모양 이 꼴이냐고. 난 단 한 번이라도 증명해 보이고 싶어. 나도 할아버지처럼 위대한 악마가 될 수 있다는 걸. 그래서 이번 6월의 발표를 필사적으로 준비했는데, 역시 난 안 되나 보다."

비델과 아블로는 뭐라 말해야 할지 모를 얼굴로 벨을 바라만 보았다. 벨은 갑자기 무거워진 분위기를 털듯이 기지개를 켰다.

"아유으! 뭐 어쨌든. 마력까지 빌려줬는데 형편없는 결과물을 보여줘서 미안하네."

"됐다. 다른 대안은 있는가?"

"다른 대안? 그런 게 어딨어. 그냥 발표 개망한 거지 뭐."

벨은 씁쓸하게 웃었다. 두 친구의 시선이 꽂히

자, 그는 자리에서 일어났다.

"됐다 됐어. 교수님한테 욕이야 먹겠지만 기생 씨앗은 접고 사전 점검 때 했던 걸 발전시켜야지. 오늘 깨지긴 했어도 그 수법은 내가 정말 필사적으로 만들었던 거니까. 난 좀 더 보완하러 가볼게!"

방을 빠져나가는 벨의 뒷모습을 본 두 친구의 입에서 유황 냄새 가득한 한숨이 흘러나왔다.

*

벨은 용암과 가시덩굴이 가득한 길목을 걸어서 이동하고 있었다. 곧 그의 머리 위로 무언가가 바람처럼 지나갔다. 뭐가 지나갔나 싶어서 고개를 돌리는데, 저 멀리 갔던 악마가 되돌아와 벨의 곁에 섰다. 비델이다.

"벨! 뭐 하는가? 걸어서는 지각이다!"

"맨날 하는데 뭐 어때."

"무슨 소리인가? 오늘은 '창의융합 경진대회' 발표 날이잖나!"

"뭐! 진짜? 아닛, 내일이 아니야?"

"오늘이다!"

벨이 기겁하며 펄쩍 뛰자, 고개를 절레절레 흔든 비델은 가던 길을 갔다. 벨도 허겁지겁 날개를 펼쳐 날아올랐고, 급히 속도를 냈다. 그의 비행은 비델과는 달리 어딘가 어정쩡했다. 비델은 점멸까지 섞어가며 이미 눈에 보이지 않을 거리로 나아갔으나, 마력이 부족한 벨은 악착같이 날개만 펄럭거렸다.

"아으 이 멍청아!"

끊임없이 자책하며 날아간 끝에 저 멀리 악마대학교가 보였다. 유황과 용암의 강을 지나쳐 본관 건물로 날아든 벨은 6층 테라스를 통해 안으로 진입했다. 그대로 대강당 뒷문을 열고 안으로 들어섰지만, 행사는 이미 시작된 뒤였다. 교수 악마는 벨의 얼굴을 보자마자 한숨 섞인 불을 내뿜었다. 그는 굳이 마력까지 써가며 귓속말을 던졌다.

"벨, 또 지각인가? 악마에게 약속을 지키는 게

어떤 의미인지 내가 몇 번 더 알려줘야 하지?"

면목 없는 표정으로 뿔을 긁적인 벨은 얼른 구석 자리로 가서 조용히 쭈그러들었다. 고개를 절레절레 흔든 교수는 진행을 이어갔다.

"다음 발표자는 그로그 가문의 굴리입니다."

교수는 손가락을 뻗어 학생 하나를 강당 앞으로 순간이동시켰다. 마력 낭비에 가까운 행위였지만, 빠른 진행을 하려 한다는 인상을 주기에 좋았다.

사실, 교수는 한쪽에 마련된 귀빈석의 눈치를 계속 살피는 중이었다. 지옥을 대표하는 기업의 쟁쟁한 악마들이 죄다 앉아 있는 그곳. 학생들이 그들에게 잘 보이고 싶은 것만큼이나 교수인 그도 그들에게 잘 보이고 싶었다. 학생만 스카우트 되리란 보장이 어디 있는가? 눈도장을 찍어놓으면 좋은 직함 하나를 얻게 될지도 몰랐다.

그래서인가, 오늘 교수는 학생들이 발표하는 내용의 문제점을 유독 날카롭게 지적했다. 정곡을 꿰뚫는 통찰력 있는 모습을 보일 때마다 자신의 점수가 올라간다는 생각으로 말이다. 한데

아쉽게도 그로그 가문 악마 굴리의 발표는 수작이었다. 딱히 트집 잡을 곳이 없는 정석이라 교수의 존재감을 드러낼 수 없었다.

아쉬움에 입맛을 다시던 교수는 문득, 맨 뒷자리 벨을 보았다. 저 낙제생 녀석이 보완을 해 왔을까? 아니지 않을까? 해봤자 허점투성이지 않을까? 그러면 저번처럼 세 가지 문제점을 날카롭게 지적할 수 있으려나?

"다음 발표자는 보그나르 가문의 벨입니다."

교수의 갑작스러운 부름에 벨의 눈이 휘둥그레졌다. 도착하자마자 이렇게 곧장 발표를 시킨다고? 아직 숨도 못 돌렸는데!

벨이 당황하는 사이 교수의 손가락은 이미 그에게로 향해 있었다. 순식간에 강당 앞으로 순간이동당한 벨은 자신에게로 쏟아지는 수백 개의 눈동자를 맞이하게 되었다.

"이런⋯⋯?"

"준비한 발표를 하게나."

"아 네⋯⋯."

교수의 재촉에 벨은 마음의 준비를 할 새도

없이 발표를 시작해야 했다.

"어, 음, 저 그럼. 저는 인간들이 욕망하는 '영생'을 이용했습니다. 간단히 설명하겠습니다. 인간의 어리석음을 이용하는 방식입니다. 시작은 시간을 되돌려주는 가게가 있다는 소문을 내는 것입니다. 그리고 '시간 역재생기'가 필요한데요. 음……."

벨의 설명이 이어지는 동안 교수의 입꼬리가 살짝 올라갔다. 저번과 완전히 똑같지 않은가? 역시나 벨은 발전 없는 낙제생인 거다.

"그렇게 인간이 찾아와 돌아가고 싶은 때를 고르면 시간 역재생기를 사용해 과거로 보내버리는 것입니다. 어, 음, 예. 끝입니다. 이게 제가 준비한 '영생의 덫'입니다."

벨이 말을 마친 순간, 교수는 크게 혀를 찼다.

"자네는 도대체 뭐가 문제인가?"

"예?"

"자네의 수법은 그냥 장난에 불과하잖은가? 자네는 혹시 요정인가? 악마는 맞는가?"

"아."

벨의 얼굴이 순식간에 어두워졌다. 너무나도 익숙한 말이었다.

"자네의 아이디어에는 세 가지 문제점이 있다네."

교수는 다른 학생 악마들을 빙 둘러보았다. 너희도 똑똑히 듣고 배우라는 듯한 모양새였지만, 귀빈석을 의식한 행동이었다.

"첫 번째로는 마력 비용이 너무 비싸다. 시간 역재생기가 얼마나 많은 마력을 요구하는지 아는가? 거기에 쓸 비용이면 얼마든지 더 좋은 수법 여럿을 펼칠 수 있다. 고작 인간 하나에게 장난을 치는 데 쓰기에는 어마어마한 낭비란 말이지. 그래서 애초에 영생 테마는 어린 악마가 감당하기 힘들다. 그건 기본 중의 기본이 아닌가? 그리고 두 번째. 그 제안이 인간에게 전혀 매력적이지가 않아. 시간 역재생기에는 치명적인 단점이 있다. 시간 여행의 개념이 아니라, 단순히 대상의 시간을 거꾸로 되감는 장치라는 점. 미래의 기억들도 되감아져 잊게 되는데 무슨 의미가 있지? 어떤 인간이 그걸 받아들이겠느냔 말이다. 설마, 아무것도 기억하지 못할 거란 사실을 고지하지 않을 셈은 아니겠지? 그래선 안 된다는 건 악마 계약학의 기초 중 기초다. 마지막으로, 만에 하나 어떤 바보 같은 인간이 제안을 받아들인다고 치면, 그래서? 악마가 얻는 게 뭐지? 아무 기억도 없이 과거로 돌아간 인간이 파멸을 하겠나 뭘 하겠나? 똑같은 삶을 살 뿐이지. 마력만 낭비하고, 인간에게서 얻는 게 도대체 뭐가 있느냔 말이야. 그러니 이건 요정의 장난이랑 다를 바가 없다는 거다."

교수의 폭력적인 지적에 벨의 얼굴이 처참해졌다. 교수 악마는 한심하다는 듯 혀를 차며 고개를 절레절레 저었다.

"그만 들어가보도록."

교수 악마는 긴 손가락을 벨에게로 뻗었다. 순식간에 강당 뒷자리로 추방된 벨은 고개를 떨구었다. 아블로와 비델이 그의 어깨를 두드리며 위로했다. 한데 그때, 귀빈석에 앉아 있던 악마 하나가 순간이동으로 무대 위에 난입했다.

"이렇게 멍청한 악마가 어떻게 교수 직책을

달고 있단 말인가?"

"예?"

"교수라는 직책을 달 자격도 없는 이 멍청한 작자야!"

교수 악마는 자신을 향한 노골적인 비난에도 분노보다 당황을 내보였다. 그도 그럴 것이, 눈앞의 고위 대악마는 어마어마한 인물이 아닌가? 지옥에서 가장 큰 대기업의 최고 경영자 말이다.

"저어, 무슨 말씀이신지……?"

"방금 나온 그 수법의 본질을 모른단 말이야? 정말 오랜만에 제대로 된 기발한 수법을 발견했는데 교수란 놈이 그것도 몰라봐?"

교수 악마의 눈동자가 미친 듯이 굴러다녔다. 뭐지? 무슨 말이지? 내가 뭘 놓쳤나? 제대로 된 수법이라고?

아무리 생각해도 떠오르는 게 없다는 교수의 표정을 본 대악마가 버럭 화염을 내뿜었다.

"이런 멍청한! 이놈의 대학은 내가 후원한 마력은 다 어디다 쓰고 이런 놈을 교수랍시고 앉혀놓았어!"

"아, 그, 저기,"

"됐고."

대악마는 가볍게 손짓했고, 뒷자리에 있던 벨이 무대 앞으로 재차 소환되었다. 깜짝 놀라 눈이 커진 벨을 향해 대악마가 말했다.

"자네를 우리 기업으로 스카우트하고 싶은데, 어떤가?"

"네? 저를요? 저, 정말입니까?"

"물론이지. 자네 수법도 우리 기업에서 후원해서 등록시키겠네. 아주 훌륭한 계획이야."

"세상에!"

벨의 입꼬리가 귀를 넘어 뒤통수까지 찢어졌다. 대악마는 교수 악마를 손가락질하며 벨에게 물었다.

"자, 내가 이해한 게 맞는 것인지 제대로 다시 한번 설명해보게. 자네의 아이디어가 어떻게 인간을 파멸시키는 거지?"

"아? 아, 넵!"

벨은 슬쩍 교수 악마를 힐끔거린 뒤 설명을 시작했다.

"시간을 역재생하여 과거의 순간으로 간 인간은 다시 젊음을 되찾게 된 것이지만, 그 기쁨을 느끼진 못합니다. 뇌까지 되감아진 그에게 자신이 스무 살인 건 그냥 당연한 일인 거니까요. 그리고 또 당연하게도 그 인간은 한 번 살았던 인생을 완벽하게 똑같이 반복할 겁니다. 같은 조건에서 같은 일이 일어나는 건 과학이니 말이지요. 모든 미래는 이미 결정되어 있습니다. 그 인간은 똑같은 삶을 반복할 테고, 언젠가 그날을 맞이하게 될 겁니다. 제가 시간을 되돌려줄 수 있다고 제안한 그날을요."

순간, 교수 악마의 눈동자가 흔들렸다. 벨은 이어 말했다.

"저를 만난 그는 똑같은 행동을 반복하겠죠. 고민하다가, 시간을 역재생하여 과거로 돌아가는 선택을 말입니다. 그것까지도 정해진 결과였으니까. 그렇게 과거로 돌아간 그는 또다시 똑같은 삶을 반복하다가 다시 저를 만나 과거로 돌아가고, 또 똑같은 삶을 반복하다가 다시 저를 만나고, 다시 또, 다시, 다시, 영원히 맴돌게 되는 거예요. 사실상 제 제안을 받아들이자마자 그 인간은 현실에서 영영 사라져 끝나는 겁니다. 그 사라짐은 죽음보다도 더합니다. 영혼의 안식조 차 없을 테니까요. 그야말로 영원히."

대악마는 흡족하게 고개를 끄덕이며 교수를 돌아보았다. 교수는 낭패한 얼굴을 빠르게 숨겼 지만, 늦었다. 코웃음을 친 대악마는 벨을 향해 손뼉을 쳤다.

"훌륭해! 수십 년간 들은 수법 중 가장 악마적 이야! 이런 최고의 수법도 몰라본다는 건 멍청 한 일이지."

대악마가 비웃듯 교수를 곁눈질하자, 교수가 다급히 말했다.

"이론은 인정하겠습니다. 하지만 중요한 문제 가 있습니다. 아까도 얘기했다시피 어떤 인간이 그 제안을 받아들이겠습니까? 미래 정보를 가져 갈 수도 없는데, 무의미하게 과거로 돌아갈 이유 가 없지 않습니까?"

"허이구! 교수씩이나 되어서 아직도 인간의 습성을 모르나? 구구절절 설명하기도 입 아프

군. 우리 기업에서 바로 지원할 테니까, 결과를 직접 보라고."

"절대 통할 리가 없습니다. 마력 낭비입니다!"

대악마는 교수를 무시하고 벨에게 손을 내밀었다.

"다른 학생들은 더 볼 것도 없이 자네만 데려가면 되겠군. 곧장 가겠나? 당장 수법을 등록하고 싶은데 말이야."

"네? 아 예!"

대악마가 벨과 함께 강당을 떠난 뒤, 교수는 초조하게 입술을 깨물었다. 설마, 저 수법이 대박 나지는 않겠지?

그러나 교수는 이후 굴욕의 시간을 보내야만 했다. 벨의 수법이 최근 악마계에서 가장 핫한 수법이 되어버렸기 때문이다. 지상으로 내려간 악마들은 '시간 역재생기'로 인간들을 유혹했는데, 교수의 생각과는 달리 무수히 많은 인간이 그 덫에 넘어갔다. 미래를 기억하지 못한다는 걸 알면서도 그들이 그 제안을 받아들인 이유는, 인간들이 무척 비합리적으로 자신들 '의지'의 힘을

믿어서였다. 벨이 선보인 첫 시연만 봐도 알 수
있다.

"그렇다. 정확히 네가 원하는 날로 되감을 수
있다. 다만 너 자신도 되감아지므로, 미래의 기
억을 가져갈 순 없다."

"어쨌든 시간을 되돌릴 수 있다는 거잖아요?"

"그렇다."

"제가 얼마나 바랐던 일인지 아세요? 저는 어
릴 적 그날의 꿈을 수백 번은 꿨다고요. 엄마가
이혼해도 되냐고 물었는데 제가 울면서 말린 날
이요. 그때의 저를 죽여버리고 싶을 만큼 평생
후회했어요. 시간을 되돌릴 수 있다면 무조건 이
혼하라고 말해줄 거예요."

"말했다시피 지금 네 기억을 가져갈 순 없다."

"상관없어요. 아무리 기억을 가져갈 수 없더
라도 내가 나라면 엄마한테 이혼하지 말란 말을
할 리가 없어요. 그리고 이대로 아무것도 안 하
는 것보다는 낫잖아요?"

첫 시연을 지켜보던 악마들은 감탄했다. 이대

로 아무것도 안 하는 것보다는 낫다니? 이렇게
나 멍청할 줄이야!

과거로 돌아간 청년은 당연하게도 엄마의 이
혼을 말렸고, 평생 후회하다가 다시 벨을 만나
과거로 돌아갔고, 또 평생 후회하다가 다시 벨을
만나 과거로 돌아갔고, 또…….

이 인간의 모습은 악마들에게 신선한 즐거움
을 주었는데, 실제로 해보면 바로 알 수 있었다.
이런 바보 같은 인간이 한둘이 아니란 것을.

"그녀를 향한 제 사랑은 반드시 모든 기억을
되찾을 겁니다. 제가 절대 그녀를 잊을 리가 없
습니다. 사랑의 힘은 모든 걸 초월합니다!"

"기억해! 기억해라, 찬우야! 비트코인, 비트코
인, 비트코인, 비트코인, 비트코인, 비트코인, 비
트코인, 비트코인……!"

"우리 딸이 죽은 그날은 제가 죽어서도 잊을
수가 없습니다. 제 영혼에 각인된 기억입니다.
저는 반드시 바로잡을 겁니다. 무슨 일이 있어도

무조건!"

그뿐만 아니라 어차피 실패한 인생이라며 시간을 역재생해 인생 리셋을 하려고 드는 인간들도 넘쳤다. 경쟁이 심한 사회에서는 특히나. 덕분에 악마들은 많은 인간을 손쉽게 파멸시켰다. 그러니 벨의 수법은 찬양받아 마땅한 것이었다. 얼마 안 가 교수는 대학교를 떠났고, 벨은 자기 가문의 두 번째로 위대한 악마가 되었다.

하지만 사실, 벨도 이게 이 정도로 대박이 날 줄은 몰랐다. 그래서 진심으로 인간에 감탄했다.

"정말 인간은 대단히도 어리석은 존재구나."

작품 해설

악마는 당신의 욕망을 입는다

박인성(문학평론가)

악마도 실직하는 세상

오늘날 악마는 누구인가? 종교적 세계가 아닌 세속화된 현대 사회에서 악마는 더 이상 초월적인 존재가 아니다. 오히려 오늘날의 악마는 인간의 비교 대상이거나, 이해할 수 없는 인간의 죄에 대한 책임을 전가하기 위해 요구되는 허구속 허수아비에 불과하다. 세속화된 인간은 악마라는 존재를 진심으로 믿지는 않지만, 필요에 의하면 얼마든지 그들을 소환한다. 인간의 죄를 비교하는 손쉬운 방편에 불과한 존재가 바로 오늘

날의 악마다.

　이러한 분위기를 반영하듯, 인터넷 밈으로 소비되는 악마의 이미지는 소위 '사탄 드립'으로 집약되어 있다. 요즘에는 악마보다도 인간이 더 악마 같은 발상을 하거나, 실제 악마 같은 짓을 저지르기 때문에 사탄조차 정색하게 만드는 게 인간이라는 의미의 밈이다. 이 밈에서 사탄은 인간의 악마성에 '1패 추가'하거나 '실직'하는 존재이거나, "아…… 이건 좀……" 하면서 혀를 내두르는 존재일 뿐이다. 오늘날의 악마는 인간보다도 인간을 불행하게 만들지 못한다는 점에서 정말이지 존재의 의미 자체를 잃어가는 중이다.

　이러한 맥락에서 악마들조차 대학에 가 교육을 받고 인간을 연구한다는, 김동식 소설 『악마 대학교』의 설정은 흥미롭다. 악마조차 제 몫을 하려면 상당한 고등교육이 필요할 뿐 아니라, 인간에게 고통을 주기 위해 인간을 심층적으로 이해해야 한다. 악마조차 더 나은 결과를 산출하기 위해 경쟁하고 노력해야 하는 성과주의 사회야말로, 악마가 초월적인 존재라기보다는 인간과 크게 다르지 않으며, 오히려 인간을 이해하기 위해서 인간을 닮아가야 한다는 역설을 보여준다. 가장 악마적인 발상이란 결국 인간에 대한 가장 심층적인 이해 속에서만 탄생한다. 이 소설에서 악마는 인간에 대한 열렬한 탐구자이며, 인간의 최대 이해자일 수밖에 없다.

『악마대학교』에서 악마는 이처럼 실재하며 분명히 초월적인 힘을 가지고 있지만, 실상 이 소설은 종교적인 소설도 아니고 오컬트 장르의 소설도 아니다. 이 소설은 악마의 시선을 빌려, 인간성을 이해하기 위한 여러 가지 사고실험 thought experiment을 수행한다. 물론 이는 대단히 통속적이고 뻔한 인간 욕망에 대한 실험이며, 모든 인간을 딜레마에 빠트리는 보편적인 불행의 입구를 크게 벗어나지 않는다. 특히 소설 초중반부에 다뤄지는 '사랑'과 '돈'은 현대 사회의 인간이 극복할 수 없는 딜레마이며, 사람을 행복하게 만들 수 있는 만큼 불행하게도 만들 수 있는 대상이다. 하지만 악마 아블로와 비델의 실험은 직관적이고 치명적인 만큼, 여러 조건을 통해

달성된다. 그들은 인간 욕망을 비틀어 가학적인 것으로 몰아가며, 특수한 방법으로만 가능한 특수한 욕망으로 인간을 굴복시킨다. 그것은 자발적이라기보다는 훈육된 결과이며, 인간이 가진 인식상의 맹점을 활용한 트릭들이다. 우리가 생각하는 전형적인 악마의 수법이지만, 사실 인간에 대한 수준 높은 이해는 아닌 셈이다.

　반면에 벨의 발표 주제인 '영생'은 인간에게 허락되지 않는 초월적인 욕망이며, 따라서 보편적인 욕망이라고 하기에는 다소 불확실해 보인다. 따라서 주인공 벨은 교수 악마에게 무시당하며, 발표 주제를 바꿔 올 것을 요구받지만 결과적으로 그의 발표 주제나 아이디어는 바뀌지 않는다. 고위 악마가 예리하게 파악하듯이 벨은 '영생'이라는 개념을 재해석하여, 인간이 자신의 과거와 현재에 갇혀 미래로 나아갈 수 없게 만드는 시간선상의 폐쇄회로를 구축하고자 한다. 이는 고전적인 영생의 개념에서 나아가, 완전히 새로운 방식으로 오늘날을 살아가는 인간의 보편적인 욕망을 겨냥한다. 어쩌면 인간은 불확실한 미래를 원하는 것이 아니라, 영원히 머무를 수 있는 과거의 순간들을 찾아 헤매고 있을지도 모른다는 점을 포착한 것이다. 벨의 이러한 인간 이해는 결과적으로 인간성에 대한 우리의 기대를 무너뜨리는 방식으로 완성된다. 인간은 애초에 그리 대단한 존재가 아니라는 사실을, 인간성 자체를 우리가 과대평가해왔음을 파악하는 것이다. 예를 들어 사랑과 돈은 결과적으로 미래지향적인 가치들이며, 인간성에 대한 낙관적 이해만큼이나 과대평가된 것들이다. 그런데 인간성에 대한 이 낙관적 기대를 포기한다면? 인간은 그렇게 어렵사리 미래를 지향하며 살아갈 필요가 없는 존재들일지도 모른다.

실패한 파우스트들의 시대

벨의 인간 이해는 우리 시대 인간에 대한 가장 메마르고 무기력한 시선으로 우리를 이끈다. 그리고 이를 통해서 『악마대학교』는 인간과 악마 사이의 전통적 거래 이야기를 비틀어버린다.

인간과 악마의 거래 이야기라면 무엇이 떠오르는가? 어쩔 수 없이 우리는 괴테의 희곡 『파우스트』Goethe's Faust와, 그 작품에 등장하는 악마 메피스토펠레스의 유혹을 떠올리게 될 것이다. 메피스토펠레스는 노년의 파우스트에게 온갖 명예와 부, 쾌락을 약속한다. 파우스트는 다시 젊어지고 여러 역사적 시공간과 초월적인 순간에 참여함으로써 이 세상의 모든 지식과 경험을 얻는다.

하지만 파우스트는 악마 메피스토펠레스에게 "멈추어라! 너는 정말로 아름답구나!Verweile doch! Du bist so schön!"라는 금구禁句를 부여받는다. 이는 그가 더 이상 미래를 꿈꾸지 않고 현재에 안주하는 것, 시간의 흐름으로부터 벗어나 아름다운 한순간에 박제되기를 원하는 유혹에 굴복했음을 의미한다. 파우스트는 실제로 금구를 내뱉었고 메피스토펠레스는 그의 영혼을 취하려 하지만, 이는 이내 신에게 저지당한다. 파우스트가 그 말을 내뱉기는 했지만, 근본적으로 현재에 머무르기를 선택하거나 자신의 쾌락에 도취되어 내뱉은 건 아니었으며, 그저 자신의 금구를 더 큰 맥락에서 인용했을 뿐이기 때문이다.

이는 기독교적인 구원에 대한 일반적인 이해를 계몽적으로 암시하는 이야기다. 더 엄밀하게는 중세적인 종교적 이해로부터 벗어나, 근대적 인간관에 대한 의지적 전망을 드러내는 것이기도 하다. 인간은 끊임없이 자기 자신을 위해 노력하는 한에서 구원받을 수 있다는 메시지야말로, 과거의 중세적 인간관과는 다르게 근대적 인간이 스스로를 발명하고 변화시킬 수 있다는 믿음의 근간이 된다. 그렇게 인간이 스스로를 발명하는 시대가 근대라고 한다면, 오늘날 우리가 살아가는 시대는 이러한 근대적 믿음 자체가 위기에 처한 시대라고 할 수 있다. 『악마대학교』에서 그려지고 있는 인간의 모습은 의지적이고 낙관적이지만, 동시에 무기력하고 관성적이다. 삶을 바꿀 수 있다고 생각하지만 대단한 의지를 가진 것은 아니며, 외부의 자극과 훈육된 욕망에 반응하는 수용체에 가깝다.

미래로 나아가는 의지적인 힘을 잃어버렸다

는 사실이 근대적 인간을 근본적인 실패로 이끈다. 『악마대학교』는 우리가 꿈꾸던 파우스트적인 인간상, 근대적 인간주의의 꿈은 이미 깨어졌음을 보여준다. 더 비딱하게 말하자면 과연 우리가 그러한 인간이었던 적이 있었는지조차 사실 의문스럽지만, 문제는 여전히 우리가 그러한 환상 속에서 살아가고 있다는 사실이다. 실제로 삶을 바꾸고 자기 자신을 더 나은 존재로 만들 수 있다는 근대적인 인간관은 껍데기만 남아서 관성적인 방식으로 우리를 사로잡고 있다. 미래에 대한 희망과 세계의 변화에 대한 의지는 퇴색되었지만, 그저 자신의 삶만이 더 나아지기만을 바라며 그것을 위해서 기꺼이 타인을 희생시킬 수도 있는 껍데기로서의 인간이 이 소설에서 그려진다.

파우스트가 여러 고난에도 불구하고 지상낙원을 만들고자 했던 노력을 수행하는 과정에서 깨달음을 얻었던 것과 달리, 『악마대학교』에 등장하는 인물들에게는 공동체적인 관점에서 더 나은 세계에 대한 그 같은 의지가 없다. 물론 『악마대학교』의 핵심은 주인공 벨의 아이디어에 응축되어 있지만, 그럼에도 악마 아블로와 비델이 사랑과 돈에 대한 인간의 욕망을 실험하는 이야기에도 의미는 있다. 이 두 사례에서 인간은 더 이상 공동체에게 더 나은 세계를 원하지 않는 모습으로 그려진다. 그들은 자기 자신을 바꾸기보다는 사랑과 돈의 소유자로서 세계가 자신에게 더 편의적으로 작동하길 원할 뿐이다. 이제 파우스트적인 인간상을 대변하는 '의지'는 오히려 철저하게 개인화되어서, 다른 사람의 불행조차도 자신의 행복을 위한 조건으로 활용된다.

예를 들어 악마 아블로에게 유혹당한 성국은 최초에는 순진한 의미에서의 낭만적인 사랑을 꿈꾸지만, 마치 게임처럼 모든 것이 성공률로 표시되는 능력을 얻는 순간 자신의 이성애적 대상을 실존하는 인간 존재로 바라보지 못하게 된다. 성국은 최종적으로 지배중독자가 될 뿐이며, 그마저도 능력을 활용한 대가로서 모든 수명을 다 소진하기에 이른다. 마찬가지로 악마 비델이 꼬여낸 도준은 악마가 내건 도박에 중독되어 종국에는 사람의 수명을 가지고 도박을 하기에 이르며, 우울증에 시달리는 자신의 친구 해진이 삶을 포기하게 만든다. 그들은 악마화된 인간처럼 보이지만, 실상은 자신의 삶을 편의적으로 개선할 수 있다는 의지에 사로잡힌 범용한 인간일 따름이다.

아블로와 비델은 성국과 도준을 악마적인 인간으로 만들었지만, 그들을 결코 예외적으로 취급해서는 안 된다. 실상 악마에게 꼬드김을 당하지 않았어도 우리가 살아가고 있는 세계에서 그들보다 더욱 심각하게 병들고 망가진 인간들은 많다. 다만 그들을 찾아온 악마처럼, 누구에게 그러한 조건이 갖추어지느냐의 문제일 뿐이다. 결국 세계를 바꾸기보다 자신만의 작은 세계에서 더 나은 삶을 꿈꾸는 인간들은 언제든 악마들의 좋은 먹잇감이다. 파우스트처럼 악마와 거래를 했지만, 신에 의해서 변호받을 수 있는 그런 선의와 공동체적인 의지를 가진 사람들은 희소해졌다. 실패한 파우스트들의 시대에 『악마대학교』에서 다루는 인간성의 막다른 길은 우리 모두의 공통 문제일 수밖에 없다.

리셋증후군 시대의 회귀 욕망

소설의 결말에서 벨의 아이디어는 고위 악마에 의해 재평가받는다. 벨의 아이디어가 단순히 영생에 대한 인간의 고전적인 이해를 반복하기 때문이 아니라, 미래를 위한 영생이 아닌 과거에 붙잡힌 시간의 반복에 불과하다는 사실을 환기해주기 때문이다. 성국과 도준의 사례에서 증명되듯이, 관성적인 방식으로 자신의 삶이 나아지길 원하는 사람들은 미래가 아니라 과거를 향해 퇴행하고 있음이 분명하다. 벨은 인간들이 기억 없이 자신들의 결정적 순간으로 돌아간다면, 결과적으로 영원히 선택의 순간으로 되돌아오는 무한한 폐쇄회로에 갇힐 것이라는 사실을 알고 있었다. 이것이 바로 '퇴행적 영생'이면서, 곧 한 인간의 삶을 완전히 소멸시켜버리는 방식이다.

이 놀라운 아이디어는 정확하게 미래를 향한 비전을 잃어버린 근대적 인간의 퇴행적 성격을 가리킨다. 실제로 근대성modernity이란 더 나은 미래를 꿈꾸면서 만들어진 환상이며, 언젠가는 모든 사람들이 유토피아에 도달할 것이라는 집단적인 꿈이기도 했다. 과거에서 현재를 지나 미래를 향하는 일직선의 시간관 역시 우리로 하여금 미래를 위해서 과거와 현재를 활용할 것을 요구해왔으며, 그렇게 인간 욕망은 현재의 자기 자신을 착취해왔다. 더 나은 미래를 위해 현재를 희생하라고 말해왔던 그 야심 찬 조언들로부터 놓여나기 위해, 이제 우리는 미래를 직시하지 않고 과거로 향하고 있다.

벨이 보여주는 것처럼 진정 악마적인 발상은 인간을 속이거나, 혼란에 빠트리기보다는 오히려 그들이 자연스럽게 그들의 의지를 과대평가 하기를, 자신은 다르기를 믿도록 내버려두는 것뿐이다. 그들은 기억을 가지고 과거로 돌아가는 것이 아니지만, 자신의 의지가 모든 딜레마를 해결해줄 것이라 믿으며 과거를 바꿈으로써 모든 것을 해결할 수 있을 것이라 순진하게 믿는다. 이 믿음이야말로 폐쇄적이고 개인적인 방식으

로만 더 나은 삶을 꿈꾸는 퇴행적 근대인의 진
실이다. 우리가 과거에 갇혀서 미래를 마주하기
를 두려워한다면, 근대적인 인간성이 약속해온
긍정적인 가치들은 파산할 수밖에 없다.

그리고 이것이 우리가 온갖 '회귀물'의 유행을
통해서 확인하게 되는 오늘날 수많은 사람의 잠
재 욕망이다. 회귀물은 기본적으로 자신의 과거
에 대한 퇴행을 통해 삶을 통째로 바꿀 수 있다
는 시간 여행의 인스턴트 버전이다. 과거의 시간
여행물과 달리 회귀물은 너무나 편의적으로 자
신의 기억을 과거로 옮길 수 있으며, 마치 게임
의 세이브 포인트처럼 실패를 반복해서라도 더
나은 삶을 얻는다. 이와 같은 시간 여행의 꿈은
우리의 삶을 어떠한 미지성으로부터 벗어나 확
실성으로 전환하기 위한 망상적인 현실 인식에
기인한다.

컴퓨터 게임 속에서 모든 복잡하고 어려운 상
황을 초기화하기 위해 리셋reset 버튼을 누르듯
이, 극복할 수 없는 현실로부터 도피하기 위하여
과거로의 퇴행적인 회귀를 꿈꾸는 태도는 지금

우리가 겪고 있는 집단적인 악몽이기도 하다. 근
대의 낙관적인 꿈이 퇴행적인 악몽이 되어버린
시대에 악마는 더 이상 고전적인 방식으로 인간
을 타락시키고, 그들에게 힘겹게 불행을 제공하
고자 노력할 필요가 없다. 인간이 자신을 얼마
든지 불행하게 만들 수 있는 조건을 스스로에게
직접 부여하고 있기 때문이다.

소설 마지막에 이르러 교수 악마가 깨닫듯이
인간에 대한 이해는 단순한 것이다. "정말 인간
은 대단히도 어리석은 존재구나." 그렇다면 이
소설은 인간에 대한 조야한 비관주의로만 끝을
맺는 것일까? 그러나 아이러니하게도 그조차 인
간성의 한 측면에 불과하다. 인간은 대단히 어리
석은 동시에, 대단히 어리석기 때문에 다시 그보
다는 더 나아질 기회를 얻는다. 인간성이란 결
국 양면성과 불완전함을 의미하며, 인간은 여전
히 스스로를 발견할 기회를 가진다. 그것이 『악
마대학교』에서 어리석은 인간을 목격하는 우리
의 몫이기도 하다. 인간 자신을 가장 큰 선으로
이끌면서 동시에 가장 거대한 악으로 떨어뜨리

는 것 역시 인간이다. 악마는 그저 그러한 인간의 양면적인 욕망을 가죽처럼 입을 뿐이다. 그것은 때로는 명품처럼 화려하고, 때로는 넝마처럼 남루할 것이다. 그 또한 오직 인간에게 달린 일이다. 이토록 어리석은 인간만이 악마를 실직시키기도, 취직시키기도 하는 법이니까.

작가의 말

제 인생 첫 악마는 2000년 6월 발매된 컴퓨터 게임 '디아블로2'의 악마였습니다. 특유의 어둡고 우중충한 세계에서 인간을 살육하는 무서운 존재들. 정말 정직(?)하게 딱 악마였죠.

그런데 어느 순간부터 갑자기 악마가 양복을 차려입기 시작했습니다. 무차별 살육과 폭력을 버리고, 계약과 기만으로 인간을 괴롭히는 악마들이 주류가 된 거죠. 이때부터 전 악마 캐릭터에 매력을 느꼈습니다. 다양한 콘텐츠 속 악마들은 몹시 입체적이었습니다. 인간을 가지고 놀다가도 계약만은 철저하게 지키고, 인간과 우정이나 사랑을 나누기도 하고, 인간에게 역으로 동정심을 얻기도 하고요. 신선했습니다.

그중에서도 특히 제가 가장 신선하다고 느낀 포인트는 악마에게 '직장인' 태그가 붙은 부분입니다. 악마 개개인은 지옥이라는 거대한 시스템 내에서 그저 한 명의 직장인에 불과하다는 그 느낌 말입니다. 그렇게 등장한 악마 캐릭터 특유의 권태로움과 현실성이 제게는 너무나도 매력적이었습니다. 가령 이런 거죠.

"사정 좀 봐주십쇼. 저 이번 달에 할당된 인간 영혼 반도 못 채웠습니다. 이 정도 조건으로 그냥 계약하십시다. 예? 나중에 영혼 끌려갈 때 내가 잘 해드릴게."

크~ 얼마나 맛있습니까? 그래서 실제로 제가 쓰는 소설 속 악마들도 직장인 콘셉트를 자주 달고 나왔습니다. 그러다 어느 날 문득 아이디어가 떠올랐습니다. '대학생' 태그가 붙어 있는 악마도 신선하지 않을까? 지옥에 악마대학교가 존재하고, 거기 다니는 대학생 악마들이 존재한다면? 전공이 있고 수업이 있고 학점이 있다면?

너무 많은 과제에 찌든 악마가 외모 가꿀 시간도 없어서 푸석한 날개가 축 처져 있다거나, 눈 밑 화이트 서클이 턱 끝까지 내려와 있다거나. '유황 바'에서 부어라 마셔라 발효 유황을 밤새도록 마셔대다가 기암괴석 붙잡고 유황 구토를 쏟는 모습이라던가.

이런 생각 끝에 처음 쓴 장면이 바로 주인공 악마 '벨'이 허둥지둥 강의실에 지각하는 장면입니다. 『악마대학교』의 모든 이야기는 그 한 장면에서부터 시작되었습니다. 물론 쓰다 보니 인간계 일화가 중심이 되긴 했는데, 그래도 그 세계관을 만들었다는 것 자체가 만족스럽더군요. '역시 내 생각대로 이 세계관은 신선해!' 하고 말입니다. 하하하.

기회가 된다면 악마대학교가 중심 무대인 이야기도 언젠가는 가볍게 선보이고 싶군요. 하하하하.

갑자기 그런 예감이 드네요. 저의 작가 인생 내내 '악마'란 존재를 주구장창 써먹을 것 같은 예감이요. 그러면 그게 악마와 계약한 거 아니겠습니까?

실제로 '이 작가는 악마와 계약했어!' 하는 극찬이 나오는 그날까지, 열심히 재밌는 글을 쓰도록 노력해보겠습니다.

이 책을 펼쳐봐주셔서 감사합니다. 하시는 것 모두 잘되시고 행복한 일이 한가득 일어나길 바랍니다.

2025년 3월

김동식

악마대학교

지은이 김동식
펴낸이 김영정

초판 1쇄 펴낸날 2025년 3월 25일
초판 2쇄 펴낸날 2025년 4월 14일

펴낸곳 (주) 현대문학
등록번호 제1-452호
주소 06532 서울시 서초구 신반포로 321(잠원동, 미래엔)
전화 02-2017-0280
팩스 02-516-5433
홈페이지 www.hdmh.co.kr

ISBN 979-11-6790-301-3 04810
    979-11-6790-220-7 (세트)

* 책값은 뒤표지에 있습니다.